茗溪水长

汪 群 著

哈尔滨出版社
HARBIN PUBLISHING HOUSE

图书在版编目（CIP）数据

茗溪水长 / 汪群著. — 哈尔滨：哈尔滨出版社，2022. 12

ISBN 978-7-5484-6841-7

Ⅰ. ①苕… Ⅱ. ①汪… Ⅲ. ①诗集-中国-当代 Ⅳ. ①I227

中国版本图书馆 CIP 数据核字（2022）第 197116 号

书　　名： **苕溪水长**
TIAOXI SHUICHANG

作　　者： 汪　群　著
责任编辑： 张艳鑫
装帧设计： 书香力扬

出版发行： 哈尔滨出版社（Harbin Publishing House）
社　　址： 哈尔滨市香坊区泰山路 82-9 号　**邮编：** 150090
经　　销： 全国新华书店
印　　刷： 成都兴怡包装装潢有限公司
网　　址： www. hrbcbs. com
E - mail： hrbcbs@ yeah. net
编辑版权热线：（0451）87900271　87900272
销售热线：（0451）87900202　87900203

开　　本： 880mm×1230mm　1/32　**印张：** 8. 75　**字数：** 130 千字
版　　次： 2023 年 2 月第 1 版
印　　次： 2023 年 2 月第 1 次印刷
书　　号： ISBN 978-7-5484-6841-7
定　　价： 68. 00 元

序　言

邱华栋

2020年，突如其来的新冠肺炎疫情将我们的面容藏于口罩之下，脚步囿于斗室之间，而心灵和智慧却能借助阅读飞得很远很远。众多作者从美文和好诗的海洋里，推陈出新、纲举目张，这不啻另一种意义上的“逆行”。汪群的诗歌集《苕溪水长》，同样如此。

在我们这样的时代，阅读是否还重要？一个显而易见的事实是，越来越多的人通过快讯、短视频、电视剧电影等载体获取信息和一定含量的知识。我承认这个渠道的快捷和便利，以及它在瞬时引爆的快感冲击。如果我们悲观一些，就无法忽视这种可能的趋势，伴随着科技和媒介的发展我们正在经历一个文学的衰退期。但为什么还是有许多人更愿意或正襟危坐或惬意倚靠，手里卷着一本书，与书里面那些低像素的字和词做心智的博弈呢？哈罗德·布鲁姆曾说过，阅读在其深层意义上不是一种视觉经验，而是一种建立在内在听觉和活力充沛的心灵之上的认知和审美的经验。那么，这样复杂的认知与审美过程，带给我们源源不断的惊异感，大概就是今天还需要继续阅读与创作文学作品的首要理由。

回眸历史，自文字诞生始，文学就是言志、抒情的凝结物。无论是文艺复兴、启蒙运动，还是共产主义运动，都毫不犹豫地借助了文学的力量。我们书写什么样的文学就是在创造什么样的文化基因，我们阅读什么样的文学就是召唤什么样的心灵。当世界进入“现代”时刻，无数的知识分子就投入到了改造人心，重建人文精神的事业中。所谓“现代”，除了先进的强大的科技、经济、制度等因素的支撑之外，它的核心之义其实是降生作为现代主体的人。我们在“现代人”的构造中可以提取诸多关键词，比如理性、欲望，比如想象、审美。而这些关键词都可以以文学的方式展开，抑或说文学推动了这些关键词的发展，参与了现代观念、现代意识的生成过程，并且促使现代人的觉醒。我无意夸大文学的作用，但是文学潜移默化“蛊惑人心”的力量无疑是十分特殊且有效的。对于正在进行中的中国当代文学而言，好的文学应该包含着“人”的丰富、复杂，甚至是矛盾的情感结构。它既能展示对新世界的热情，也不回避沮丧和质疑，不掩盖人的现代困境。文学永远是，如鲁迅所说的“撄人心”的事业。

再次，中国文学是无数个中国人个体经验的表述，也承载着几千年中国的集体记忆。作为“中国问题”的一部分，中国文学始终在与历史、国家，乃至廓大的世界进行对话。它为我们想象共同体提供参照，正如保罗·德曼指出的，作为语言艺术的文学的多义性和不确定性其实是多元现代性的表征。我们今天仍然需要文学，既是为了克服历史健忘症，也是在重新体会作为现代民族国家的中国，更是要把个体的精气神汇入源源不断的民族文化传统中。

我们挑选当下的文学作品，会集成书，试图把这个时代纳入历史的洪流，也是一次承袭文学经典的实践。在隐喻的历史想象和绵密的文化传统中体会现代中国之所以如此，或不得不如此，或未必如此的可能性，将是我们寻找自己和共同体的来龙去脉的有趣路径。所谓的“中国性”，同所谓的“文学性”一样，不是恒久不变的。但是中国的历史意识和民族传统一直沉潜在文学之中，我们拥抱文学就是在打捞鲜活的当下中国。

一旦我们尝到借助文学重返历史的趣味，我们也会找到通过文学想象未来的钥匙。20世纪初，发动新文化运动的中国知识分子们大多怀着“中国人”要被“世界人”挤出去的“大恐惧”。这样的恐惧与其说是指向当时中国在资本、技术、制度上的种种危机，不如说是直面国人意识空间的局限和人文精神的茫然。故而鲁迅那一代的文学家们对“中国人”的改造亦是对“世界人”的召唤。于是，中国的新文学自诞生之初就力图打破强权对“中国”与“世界”的想象分野，试图创造一个可以包容故乡与异地、我们与他们、内与外、东与西的“世界”。在这个意义上说，文学应该是“越界”之旅。它可能超越个体，也可能超越国家。尽管今天的全球化已经使地球变成一个“村”，时间和空间被双重压缩，但是文学的奇妙之处恰恰在于让我们在去往世界的瞬间又不会错过只有长途跋涉才能欣赏到的风景。想象多元的普遍性和不同的世界人，应该成为未来文学的更高追求。人、文学、世界互相打开和馈赠，是我们阅读和写作的意义所在。在离散和一统之间，文学可以铭刻族群变迁，跳脱地理空间的限制。我们要在这样的文学视野下，才能聆听现代性的众声喧哗，想象未来的繁复多姿。

最后，当我们谈论文学时，或许还应该谈谈语言的审美、形式的创新。对于语言艺术的文学来说，这些固然重要，而更重要的是赞赏符号和能指的变换和漂移时要警惕双重危险：一是文学的虚构性和不确定性可能会引向的虚无主义的歧途；二是对所谓的静止的、凝固的、本质主义的“文学性”怀有绝对主义的偏执。文学本来就是一种危险的诗意平衡。创造和阅读文学是我们不断失去又找回平衡的过程。

我相信，正是由于怀着现实与理想的双重热望，作者汪群为我们捧出了一本《苕溪水长》佳作。我们希望百花齐放、与时俱进、大开大阖的文学与我们与人类命运共同呼吸，只要文学还可以记录时代，想象未来，重塑心灵，那么一切都值得。

2020 年 2 月 29 日

（邱华栋，著名作家，中国作家协会书记处书记）

目录 contents

第二辑　夏，万物皆盛

Chapter 01

春，欣欣向荣

腊月初八的宁国大石坞，赴一场荷塘盛会，
清亮了每一双相约的眼睛，梦境里都有一朵禅意荷花。

荷塘有梦

腊月初八的宁国大石坞
赴一场荷塘盛会
清亮了每一双相约的眼睛
梦境里都有一朵禅意荷花

久雨放晴，太阳暖了人间
也暖了荷池
还有一串串腊肉的香味

美好的故事又欲编织
北风牵拉，旧年荷枝生出几多情
驱散了莲蓬上深藏的隐痛
仙儿拨动着四季琴弦
徐徐荡开了轻盈水面
莲藕的歌声也给了蓝天白云

三二鹅鸭红掌划清波
嘎嘎叫声划破长空
第一声，让地面的小草抬头了
第二声，把柳树的绿珠催发了
第三声，给水潭的鱼虾唤醒了
哦，将是已亥年的荷塘
你还有什么惊梦？

2019 年 1 月 13 日

蜡梅，你好

你似一颗颗滚烫的爱心
驱散寒流肆虐的每一个落寞
你如一枚枚耀眼的晨星
点亮人间抚慰的每一处创伤

你最开心并非阳光灿烂时
坚守从容低调默默无闻
你最落魄也在笑谈人生间
执着勤劳奉献吟吟有声

有人先长叶后开花
而你先开花后落叶
个性焕发出铮铮骨气
敞开心扉让世间评说

你为家园增添炽热温馨
你为大地催生紫气东来
白昼黑夜
你是太阳也是月亮！

（原载《诗海潮》2019 年第 1 期）

美在凤凰湖

凤凰湖你像一面镜子
照亮了每一枝竹每一株草
还有太阳月亮星星云朵
别离奉献的世代居者
换来今日你的气质与风韵

我窥见了湖底里一张诡秘地图
许多条山乡小路仍在延伸
山岙间层层叠叠仿佛袅袅炊烟
溪流间鹅鸭欢叫
坡岗上牛羊成群
几多砖瓦数枚竹根向您致敬
它们的胸怀何此大度?

水盈间一尊树桩与我相逢

我误为白娘子与许仙形影不离
人非草木，孰能无情？
通往人性的一切皆映照于所有物体
就像这尊树桩的栩栩如生
你说青恋山水还是终成眷属？
千古永恒光彩照人！

（原载《神州·乡土诗人》2021 年第 2 期）

枫杨与芦苇

白花花芦苇风中吟唱
黑滋滋枫杨溪边静默

枫杨哥，你怎不吭声？
芦苇妹，我在看你啊！

有什么好看的，我还不是老样子
看不出变化时，才有新名堂呢

芦苇秘密从内心出发
秆秆枯黄深藏绿色情怀
一声惊雷浑身吐翠

枫杨公开从外表张扬
条条脉络里涌动青春活力

几场风雨遍体勃发

芦苇枫杨靠水而居
都在寻找新的方向
秘密书写滚烫歌词
公开酝酿激昂曲谱
合唱团，指挥家到了
雄浑的旋律顷刻响起
来吧，一个崭新的世界！

2019 年 1 月 24 日

谁见证了三百六十五天

三百六十五天
这条路知道
有多少人笑
有多少人哭
有多少人痛
有多少人伤

三百六十五天
红绿灯知道
谁宁停三分不抢一秒
谁越线变道埋下祸根
谁狂摁喇叭丢了素养
谁不让行人恣意妄为

三百六十五天

日月星知道
烈日下汗流浃背为了谁
深夜里保驾护航为了谁
堵困中疏导保畅为了谁
危难时挺身而出为了谁

三百六十五天
风雨雪知道
谁为你指明方向
谁为你搀扶过桥
谁为你寻家问路
谁为你驱寒送暖

三百六十五天
司机行人游客
《行者》与你同行

2019 年 1 月 26 日

即使俏，也不争

最猛的热烈，也会退潮
就像爱情波澜不惊
如有收获，肯定是岁月的甜蜜

认识你，火棘
多少个夏秋或寒冬
你从青涩到刚毅再又红润
走的是一条荒瘠泥路
伴随多少荆棘与磨难
你散发的热情却温暖了三九
即使灿烂了，你说不要鲜花掌声
从不炫耀出人头地
见你时，仿佛就在昨日

今日见你，怎又逃逸？

没有留下可以寻觅的足迹
只有枝枝秆秆生发独特气息

俏也，你还是不争吗？
你把时机给了谁
梅姑来了，你说让她来播报节目吧
说自己己亥二月四日有个梦想
戊戌除夕夜好好酝酿！

（原载《诗海潮》2019 年第 1 期）

鹤岭脚

诗意西鹤村
仙气鹤岭脚
我走进你
1979—2019
暖脚了四十年

岭上一古树
铮铮铁骨看不出年轮
我猜想是仙鹤南山哨卡
它把搁天岭，大港口
一岭肩担东与西
看今朝天堑变画途
游人织，车不灭
鸟瞰之意

大年初三雨雾缠绵
未见仙鹤展翅飞
再猜想
你也有温柔美丽家

母亲操持筑建生平第一屋
一粒稻谷换一块灰石
田畈与山里人各自特产
数十载往来胜似同胞手足
岁岁月月忆当年
情谊贵如金

2019 年 2 月 7 日安吉西鹤村

芦苇岛

五彩映岛
风暖两岸
几只水鸭起身早
追赶镜面苇影逐
振翅踏浪

播谷布谷
芦荡深深鹁鸪噪
此乃性致为谁闹？
枯草探绿仍挂霜

白鹭翻飞
几回回床被新枝添
冷雨敲窗伴心曲
乐随垂钓寻柳芳

枝枝条条击苍穹
节节点点鼓珠宝
身孕心印好运
水暖春江

2019 年 2 月 9 日

树身物影

树见物多了
身上也留下一些物的影子

这些树上的物影
是太阳烙上去的
还是月亮映上去的
真当日月可鉴？

树与人一样
或许人也是树
常青树？
树少的地方肯定人少
反过来也一样

树上的物影有美有丑

就像有些人
黑夜里习惯着自己的习惯
这里还真的没有导演
还是原生态的

此外
还有物是人非

假若和谐了
还会物我两忘

2019 年 2 月 12 日

淫雨，看你怎么收场

已亥之春
你何以无动于衷？
既然柳枝已吐钻玉
你该给人间一丝明媚

好在人们有心中节气
不理睬你的任性不已
看你还能怄气多久？

油菜姑娘喜添花衣
翩跹舞姿美了大地
麦苗兄弟分分秒秒拔节
疯长的剑叶直指苍穹

泛滥的浒溪还在抬高

一群水鸟仍在江湖
春雨，你想驱逐它们？
一波一波一浪一浪
即使天塌下来
它们仍然踏歌而行！

（原载《诗海潮》2019 年第 1 期）

春暖上墅（组诗）

春山如煮

春风一吹，山就绿了
春风再吹，山就热了

上墅慢谷里的每只蜗牛
都扛起了一口口铁锅
太阳升上来了
铁锅回暖了
翠竹就笑了

蜗牛们已亥有个梦想
还要把出行的节奏放慢
拉着太阳公公多住些天

让每根竹鞭浑身舒展

春山如煮
蜗牛慢游
四季有笋
生活富美

盛世有个竹笋节多好
蹿升的竹子试比高
笋香也漫过了刘家塘

2019 年 3 月 12 日

神奇的竹与水

狮子石水库，一座生辉的太阳
早年我在一棵竹子上做了记号
记号又像是印在了水上
竹与水，水与竹
都是无穷尽的绿
让我常常犯浑分不清

这里的山脉叫水库
每枝翠竹就是储蓄的天池

竹叶间滴滴琼浆轻盈滑落
就连竹鞭上滋润的玉液
都在调节库水，四季风韵神采依旧

这里的水浅不了
这里的竹不会老
那天春风拽我来
她又在问我：你知不知道
白水湾是从哪里弯出？

万竿翠竹在波光涟漪里起舞
我在竹筏上与漫坡竹姑一次次对歌
她的柳眉、酒窝、樱桃嘴与秋波
害羞的美妙细节
都在碧潭里深深藏着

2019 年 3 月 17 日

施阮村乡音难改

施家，我觉得乐善好施不是神话
阮家，我听到中原一族满腔劳动号子
耳际还有萧山方言的原汁原味
都是绿水青山汇聚的真切言语

龙王溪日夜流淌，它们肌肤相亲
不变乡音，柔和包容了数千年

王过岭曾经硝烟八百年
终究被修竹摇曳召回了蓝天
山脚边一个暗堡一副懊丧模样
告诉后代，“石灰窑”的事不能再做了
这是大山人和谐的乡音

匠人工作室传出刨与锯的声响
师徒亲密话语在锅盖、灶头间升腾
多种技能让山洞荡开了八万里
传承秘方如火花闪亮

烈士，贤德，学子金榜题名
春风，夏雨，秋涛，冬雪
乡音，让《施阮颂》传唱得芳草青青

2019 年 3 月 18 日

龙王村愿景

这里的人家离天咫尺

可摘璀璨星星
化作一颗颗善良晶莹的爱心

龙王源头的每一滴水都讲诚信
胸怀连着太湖美得一脉相承

这里的毛竹坚挺得高耸入云
且会柔软得情愿捣碎自己
再让山水过滤得澄澈清明

石碾，石臼，水碓们把往事忆
让百姓片片心曲再一次起飞
每一张煏壁的纸上刻满真情

许愿门前，村民祈福未来
花花草草兴高采烈
连心桥中，千群同结前行
红红火火美丽乡村

文化大舞台彰显图腾
有水的地方，谁来驻守？
歌声笑声里岁岁溢满富裕丰收！

（原载《诗海潮》2019 年第 1 期）

一株小草醒了

一株小草从大寒节气中醒来
晨露还沾在她的眉梢
嘴角上扬的甜蜜
驱散了一丝冷意
是好年份又让她着了新衣

小草最怨人家言她没有梦
她庆幸自己都在理想中长大
国家梦都是一个个小家连接
小梦圆了大国兴邦

她说躺在地上并不昏昏欲睡
被大脚踩上了也要精神抖擞
即使没有花朵艳丽
也要尽情染绿大地

鹎鸪在香樟树上发声
小草说不用催促我已启程
庚子年里有许多事要做
你们看见与否都是我的欢欣
比如晨露亲吻了我
每一滴都给了我爱的鼓励

2020 年 1 月 21 日

蓝之梦

天湛蓝时
梦就来了

感谢蓝为你的心境调色
每个梦都是蓝为你打底

各种色都会造出梦来
每个梦都伴有许多色

闭上眼睛会生出一个太阳
是春色送给你金黄的温暖
看到红梅你会触景生情
她的芬芳是在催你入梦

蜡梅代了一个冬的班

交给你又是新的希冀
白梅并非孤芳自赏
冷艳让你滋生梦想

蓝与色，情景交融
色为蓝，增添作为

做梦的男人会聚焦光与色
爱美的女人会滋生爱与情
蓝天下人人都有梦
花儿盛开颜色不同

（原载《神州·乡土诗人》2021 年第 3 期）

光束仍在路上

——写在 2021 元旦

亿万年光束仍在路上
滑过又一个分水岭
朝阳红，月亮明
看星儿眨眼
赏雪花飞舞
热量再次蒸腾

赶路人包袱弃山外
步子轻盈不再回头
宽了心海腾出库房
慢慢邀约自己的日子
一份许愿伴随你我

时代光束传佳音：

种粮人只要拥有土地
劳者不纷争拿得到工钱
恙者看上病还能吃心安饭
扫把请走的尽是些残枝落叶
人们不戴口罩说的都是心窝话

谁在谁不在，光束仍然在
日子好不好，骨子里安身
你叫朋友，听得到应声
朋友约你，茶一杯情深

2021 年 1 月 1 日

哦，雀跃

一股暖流光芒里溢出
驱赶着屋檐上顽固冰凌
鸟儿与孩儿蹦蹦跳跳
模样似印儿刻凿

比冰凌更冷的是疫情
阴险毒辣防不胜防

雀儿在柳枝上催促
成串的绿宝石快快出来
芦儿吵闹要着新装
风儿欣奏短笛
溪岸草儿挺起腰
清了嗓子把歌儿唱

北岸的鸟儿捎来电话
等一等我们吧
暂时居守为了整装待发

祖国，慈爱的母亲
举国上下共迎暖阳
征程进发
我们的队伍向太阳！

2021 年 1 月 11 日

轮　回

我知道你的模样
四季衣着与我相似
如影随形

春约了你也约了我
你的芳华惊扰天与地
换了人间

夏恋了你也恋了我
你的柔情升腾日与月
昼夜通明

秋醉了你也醉了我
你的梦想演绎雨与云
历久弥新

冬迷了你也迷了我
你的力量生发雷与电
岁月永恒

脚下土壤律动
采一朵小花
伴随朝霞
吻馨香
前行

2021年1月13日

静　姿

风又来了
她仍眨了眼
并非不予理睬
有个梦还在编织

修炼一百八十天
生性去繁从简
抖尽霜与雪
轻装上阵

以静制动
学竹鞭延伸
人不见不作数?
裂变哪能是蓄谋

觉醒时分你最美
撩拨四季春雨
约梅桃李杏
兴赴盛宴！

2021 年 1 月 24 日

松针姑娘

秋后的松针试着新衣
冬熟的姐妹始离了母体
穿针走线舞动大地

檵木小伙时来运转
被一个个缤纷姑娘迷离
枝枝蔓蔓爱意缠绵
盖过南方榕树气势

嫁给他愿意吗
愿意的话请你回答
松针姑娘心灵手巧
檵木小伙爱困旋涡

姑娘一袭金黄做嫁衣

坚守美丽
小伙满园春色迎爱妻
喜结连理

（原载2021年2月4日《云鸿塔》）

燃绿崭新世界

辛丑初三的太阳
熔炉里忽然腾起
遍体通红向你滚来
不容分辩谁能招架?

每束光都长出芒针
每道晕都炫出色彩
植物被照射无处藏身
人们被追赶弃衣奔跑

浮萍穿上了红衣
黄仔变幻出霓裳
燕雀学会了新歌
枫杨激扬了肢体
芦苇撕裂了外套

牧童牛背上虎跳

山那边的太阳仍在燃烧
院子里的月亮难掩真情
用不了多少时日
你和大地相拥一切!

2021 年 2 月 14 日

俯与仰

小草抬头
柳芽发声
不怨寒露湿襟
生命诚可贵

稻禾从下往上长
成熟时总是低着头
人们俯首用餐常怀敬畏

拓荒牛躬身耕作
犁起黄金千层浪
插秧老农书写大地
低头以退稳操胜券

乡情同根

烟火淬成
昂首探春路
相拥新太阳

2021 年 2 月 17 日

牛头山有话

西鹤村有座牛头山
它高昂着头颅看蓝天
大口呼吸着新鲜空气
似乎话也多了

不善言辞的它
四十年前被雷管炸药震开
村民从它口里掏出煤块
煤块又烧红另一座石灰山
那些日子地动山摇
竹子们也睁不开双眼

开山破肚数十载
村民口袋还是瘪的
山不青水不绿

张大的牛嘴反而失声了

靠山吃山靠水吃水
朱家坞水库映蓝了天
鹤岭上鸟儿对唱山歌
万竿翠竹乐往山下厂子跑
顾盼生辉嫁对了四海婆家

风是甜润的
草是欢笑的
河是幸福的
田是丰盈的
牛头山呵
再也合不拢笑口了！

（原载《神州·乡土诗人》2021 年第 2 期）

春　浴

大浴缸顷刻浑然天成
世间万物来不及解衣
水温恰到好处
沐浴露从天而降
雾气缥缈漫无边际
不用帷幔谁也不羞

鹭鸟眸里翻飞白蝴蝶
燕子花衣二月姑娘缝制
斑鸠声声把杨柳唤醒
小鹧鸪清溪荡开连环画
送你正月十五甜甜汤圆

风儿遥控三月四月天
打开的将是画面高清

脱俗

清新

出浴

你我醉意

还是迷离？

2021年2月25日

暖阳印心

太阳总是暖的
因为爱运动
光芒总是红的
因为爱人们

植物界万紫千红
相对季节

枫叶红遍
也有绿的时候
落叶归根时
骨子里仍藏着红

红是希望
绿是情怀

心跳动着红
梦幻亦成真

2021 年 3 月 28 日

Chapter 02

夏，万物皆盛

炽热的光影里，似一群群白天鹅在翻飞，
又让飘飘洒洒的羽毛徐徐降落，欣赏，惆怅？我有点迷茫。

生命的礼花

炽热的光影里
似一群群白天鹅在翻飞
又让飘飘洒洒的羽毛徐徐降落
欣赏，惆怅？我有点迷茫

这个季节，无论物与人
都会有许多心思在激荡
我今天未见到蒲公英
那又是谁的絮儿？
也没听到柳絮歌唱
柳枝上鼓起一枚枚一串串
化作了春的心苞，绿的精灵

飘飞的絮儿，你来自何方？
你的舞姿，你的步伐并非随心所欲

是你托梦给了一朵朵白絮
描绘四季里最美的画图

哎哟，我踩到了纤柳几条
是谁那么残忍让你从母体上分离
我震撼，在你的生命枝头
发现了最艳的芳容！

（原载《神州·乡土诗人》2021 年第 3 期）

幸福得被人记住

一条U字形沟渠，把机耕路粘得很紧
仿佛告诉我，它们之间仍然山盟海誓
呵，这是学大寨留下的足印

几片绿叶，还有红的黄的紫的
牵住了我的手，紧紧拉我过去

“你手机拍它干吗啊？”
入耳的是一位老农声音
我又被感染了
庄稼人见陌生人就是动情
并非爱管闲事
是一颗土地上红红的心在跳动

偶然间的对话，其实又是必然

三十五载的阴晴圆缺
这位江姓老农听我说出汪姓
就像惊雷轰出了我的名字
亲与情在原野上歌唱

岁有七十的老江
每句话如诗般美妙
莫非隔壁村子荷花塘就是诗人村？
我想起来了，当年棉花匠的他
“嘣嘣嘣嘣”，“当当当当”
为每家弹出的就是甜蜜之曲！

2019 年 4 月 14 日

我在云里徜徉

清晨踩上了一朵带雨的云
刚到云庐民宿，太阳朝我笑了
其实我身上还没有湿
湿的是报福映山红的那种色

云与太阳一样也是暖的
云层里盛开了四朵花
洁白的是静花
湖蓝的是晴花
橘黄的是艳花
当然，什么花都是美艳的
就像一朵叫女弟的花，就是姐妹花

云朵里又飘下了雨
莫非还嫌我湿得不够

湿与色再也辨不清
红红的太阳又笑了
说在光天化日里作证

云深不知处
我也变成了一朵花

2019 年 4 月 16 日

枫杨之歌

你的枝干上虽然有个“风”字
但没有使舵般颠簸飘摇
你也过着湿地一样的生活
但不见浅薄的扬花水性

我是在牛背上见识枫杨
寒冬里你赤身裸体
把每一片剑叶，化为小草的棉袄
清明时节，你把每一个关节舒展
你没有责怪牧童在你身上使顽
且化作一支支溪柳短笛把大地奏绿

你把绿荫抛向了土地与溪水
鱼虾们在你的光影里来回追逐
蚁员们也像赶集采购忙碌

春天里你最有激情
思考着每一个季节奉献什么

一双双手臂，生发出金丝银条
答应知了盛夏做客放声歌唱
又说秋天将爱情的种子一粒粒深藏
邀约喜鹊把团圆的请柬一封封发出
每户人家的年景如调色板红了暖了
梦乡里，你猜会出现什么?

2019 年 4 月 19 日

生命礼赞

吹落的柳眉漫空飞舞
是什么力量让它激情满怀?
看柳絮寻找幸福远离而去
自己内心也有莫名冲动

旋转的速度并非献媚
是风力兄默默相助
努力了奋斗了
还是飞不高呢?

柳母慈目望眼欲穿
从身上跌落的何不焦虑心疼
一枝一叶总关情啊

世界五彩缤纷

唯友谊大爱真情

柳眉，你不必心烦意乱
你有母亲手中线
前进就有了强大动力！

2019 年 4 月 21 日

油菜，芬芳如昨

冰凌时节你把大地燃热
片片叶脉里你又深藏严霜痛楚
你为田野日夜谱写生机
春的气息就这样层层递进

倒春寒里，你与春雪伴舞
拔节抽蕻的气势击溃一道道寒流
你冒着被夭折的厉声棒喝
奉献灿若繁星，吐蕊金黄
向蓝天白云微笑问好

你说既然开出了灿黄的花
不可能不结出金黄的籽
不愿做昙花一现的事儿
密密匝匝的荚果里写满欢心

你比大小麦赶集还要起得早
与初夏的阳光贴得最亲近
一颗颗滚烫的心饱满圆润
盛满了老农编织的箩筐

如雷炸响的作坊里
被吃干榨净的还是你
盛开食油与菜饼两朵花
一朵响亮了百姓劳动号子
一朵滑落于泥，再把土地育养！

2019 年 4 月 22 日

白花与红果

春天里，你如白云朵朵
冬日时，你似红日喷薄

你为何开白的花
又为何结红的果
花儿，果儿
你就不能有其他色彩？

一年四季里我都会来看你
你与堤岸，溪流
始终不离不弃
好冷清的话儿，没有唠叨过一句

只听你说，白的花也是艳的
因为你心中始终有太阳

太阳里色彩最艳最多
你愿意做一张白纸
从春到秋才可以做好多事儿

我又听你说，红的果是最暖的
因为你最熟悉风雨雷电
你反复经历与承受过了一切
寒冬时你就像燃烧的火焰
去照亮和帮助最需要的人

2019年5月1日五一劳动节

泥土，你最让人信赖

在一座古老的院子里
一副泥墙板静静地躺在地上
两柄木夯呈现出夯筑的姿势
几个用散生淡竹编织的簸箕
看上去好像都盛满了黄泥

我这样看它们是否令它们讨厌
正在这样念想时
面前突然站起了一堵墙
泥块的清香马上充斥了我的鼻子
我的双耳一下子被震颤起来
灌装进来的全都是夯筑声

泥土，你最善良又最通人性
有人把你捣碎，夯扁，捏圆，踩实

你总是不叫一声不仇视相向
你说即使如此，我不还是我吗？

可恨的是无数钢筋插入你丰满胸膛
你还是豪情满怀海纳百川
无情的是冰冷水泥泼入你全身上下
你还是不屈不挠气吞山河

现在把你当朋友的都是些老年人
抚摸你时他们的心口就会阵痛
你说年轻人还会来看你吗？
在你身上长出来的稻麦
好想让他们来一次亲亲！

（写于2019年5月1日五一劳动节，原载《诗海潮》2020年第3期）

小语浠登金竹坪

小语浠清晨改变主意
说凯蒂猫乐园假日人多难见猫
还是到大自然里去看竹
最好也能爬爬山找找笋

山川有条好长的马家弄
直通高山之巅金竹坪
山高路远多亏腾云可驾雾
云半间落脚踩云到处是美景
看见了搁天荒有个江南天池
第二座蓄能电站就在长龙山
还听得山下威风锣鼓震天响

小语浠说曾跟爷爷爬过山
山路边的小草鲜花真好看

采几串标本可欣赏好辨认
回家给爸爸妈妈讲与听

上山下山坚持靠自己
不要抱也不要背
学着大人手握柱棍把路赶
说今天爬山虽累很开心

2019 年 5 月 2 日

香草园农场

国人知悉
安吉鲁家村十八个农场
香草园是其一

今晨，我来到了香草园的樱桃棚
入棚前，柳总叫我捎上一个红色的篮子
我怀揣着初见姑娘的芳心
在樱桃棚的绿荫下一直犹豫不决
我担心，我的手拙怕伤了她的心

樱桃，在我面前跳舞
我想牵着她的手
可是，她随一阵春风逃遁了
我一直在追，可是不见其身影

后来，玫瑰色的薰衣草呼我算了吧
我很快调整了心情

你猜我在香草园又见到了谁？
猕猴桃蹦蹦跳跳地向我招手！
红美人橘子在竹竿上挂上了一串灯笼
水蜜桃没有说话
我知道她一发声
我肯定是招降不住

白茶仙子批评了我
枇杷也厌我忘了初心
还好，杨梅出来圆场
我终于突破重围！

2019年5月3日

许愿桥

清晨，我向天目慢谷走去
不觉中撞入了许愿桥
既然来了，莫名中掏出了心窝
心念什么？

有一个稚声叫我
外公，你在爷爷下派的那个村吗
外孙小语浠啊
我就在你爷爷驻点的那个龙王村！
在许愿桥
我和你爷爷都在夸奖你呢
你知道吗？

你爷爷奶奶说你很善良
你外公外婆说你很聪慧

你爸爸妈妈说你很灵气

在许愿桥
我有一个心愿
希望小语浠：
健健康康
天天向上！

2019 年 5 月 16 日

亲切之声

夜色已深
走上农贸市场以西的跨河桥
递铺港滩涂传来呱呱声
我误会是到了双夏的节奏

递铺港以东还有个石马港
似姐妹牵手在驿站借宿
你俩从杭宣古道而来
为了明天的使命？

我又在总管桥徘徊
往南看，有座胜利桥
我能否抵达彼岸？
朝北瞧，我叫不出是什么桥
顿觉迷失了方向

我虽比不上姐妹俩的那颗初心！
但我只听见一片蛙声
意思在劝我
霓虹灯已暗下来了
你赶快回家吧
明天我再把答案告诉你！

2019 年 5 月 16 日

胸有朝阳

天上唯一的太阳躲进了云里
气压也低沉了

原野上升起了无数的太阳
追赶着一个个忙于生计的人

这些太阳光芒四射
连颜色也是热辣辣的

天上人间多有灵犀
植物也知凡人心事
就说开在绿茵上的金色太阳
都在竭尽全力释放火焰
给你助威奔跑的动力

天人菊
你是天人合一的灵魂

2019年5月19日中国旅游日

路　径

路是人走出来的
颠扑不破
有了路，谁还愿走那些荆棘路

没有路时，有人偏偏自己去踩
肯定是勇敢智慧的拓荒者

植物也学人样
攀爬的路径也不按常理出牌
比如院子里四株南瓜藤
你想象它们会在网格化棚架路上发展
但往往事与愿违

你还希望它们不必曲线救国
顺畅路径一定是阳光灿烂

就像父辈们早已描绘的蓝图

可是，它们固执自己的方式
认为这样心安，从从容容

2019 年 5 月 25 日

秋英姑娘

秋英姑娘从夏雨中走来
还带来了暖暖的风
每一阵风里
都有姑娘秋千般的颜容

她走到哪，小草们都会乐
碧翠的树叶也流满了喜泪
她一开口，凝结了成串成串的银铃
层层叠叠回荡在大家幸福里

顷刻间，原野上亭亭起无数朵秋英
像捧出一首首滚烫的心曲
把浒溪河丰盈了三尺多

是谁做了夏的使者

捎来了春的希冀，秋的丰硕
还有冬的执着
日月星辰都有她们的光影
风霜雨雪愿为她们洗尘
飞翔的鹭鸟眼里全是醉

2019 年 5 月 26 日

夏给秋的问候

昨日深夜夏至串门了
是连续几天的黄梅雨热情迎接
今天它安下了心，天空便有了云彩

竹博桥抬高了
浒溪河浅了也清了
灵峰山显露了尊容
禅意的钟声也翻过了山外

院子里一个青涩的南瓜有点诡秘
我猜想，她怀孕了
瓜瓤可能还没有撑开
瓜籽当然未必出现

我在路边见一株红枫似乎红了

但她心神不定
她要等待夏与秋的紧紧牵手
互诉衷肠，依依惜别之后
才会有特别开心的灿烂笑容

2019 年 6 月 22 日

赞你遇阳光就灿烂

有阳光就灿烂不觉得错
阳光给普天下的大众
光芒照射每一角落
就不会独自占有
应纳开阔胸怀
该弃得失怨
灿若星河
烂亦醉

家院小
庭生和贵
幸运伴你我
福如东海浩渺
天上人间共妖娆
长城内外燕舞莺歌

地大物博豪气壮家国

久远大地江山万里飘红

2019 年 6 月 23 日

一个叫老石坎的村子

——写在2019“七一”党员活动日

今天，我在这里驻足
还是这把镰刀
不见生锈，仍然闪亮锋利
还是这把铁锤
没有变色，仍然刚毅铿锵

是因为，稻畈青青
银镰钩出红灿灿的太阳
是因为，机声阵阵
金锤敲破黑暗暗的壁垒
农工们永远紧握手
筑就江山万里钢铁长城

这把镰刀与锤子的结合
诞生已有九十八年了

芳华岁月依然如初

一个山清水绿的村子
老，石，坎
我读懂了这三个字
浙北第一支部发源地
一位铮铮铁骨的汉子方铁成
你从一九二七年的春天走来

我再一次重温
老，石，坎
使命的青春，不老
顽强的磐石，坚挺
坎坷的道路，前行
在这里，我同样看到
星星之火，燎原不绝的气势！

2019 年 6 月 28 日

攀枝，花更艳

同一条战壕起跑线
黄瓜藤蔓争分夺秒
四季豆不愿掉队大步流星
带个长字的豇豆还慢一拍？

黄兄把课余时间全部搭上
向园主交了圆满答卷
依然自信趋攀枝头当空舞

四弟身在小学心处幼儿
摊开作业本未落下一字
蹿到了高个儿才奋起直追

长叔慢条斯理心花不移
斟字酌句宁愿捻断须

莫非姜总是老的辣

植物攀枝并非侵人利益
你地盘有我，我空间有你
同一片蓝天亲如姐妹
笑看谁的花朵最美最艳

2020 年 6 月 11 日

中旅和乐小镇

这里生产和煦的风
吹拂每一寸土地
乐开每一朵幸福花

这里制造和润的气
净化每一片天空
乐陶每一朵吉祥云

这里流淌和美的水
滋润每一座山坡
乐染每一棵常青树

拥抱和与乐
景和中旅全新
亲近乐与和
快乐小镇主人

2021 年 4 月 17 日

我好想在云庐遇见风

一位叫伟时的兄弟
在深溪构筑了云庐
诗意栖居
他说风也住这里
能让风儿来云庐小憩
莫非他是
“风云故事”总导演？

谁能说得清风云之间
谁先来谁后走？
风驰兮拉开了云
云密兮鼓起了风
风云缠绵弥漫了雨

深溪风云云风溪深

山庐田庐茅庐云庐
一个个胜过钢筋混凝土
云给庐壮胆
庐为风安家
旅居的日子赛神仙

风含笑
云庐里的人笑了
窗前含笑肯定开了

水含情
云庐里的人醉了
屋后映山花势必红了

春日云庐边
油菜花浓烈
伟时巧遇一对蝴蝶
还有数不清的蜜蜂
“受而喜之，忘而复之”
是诗人生发题外之意？

（原载《神州·乡土诗人》2021年第2期）

夜幕下的拉锯

漆黑的河面闪烁着荧光
垂钓者的目光压过电光
岸上的人与水底的鱼
拉锯战持续不衰

渔者的武器堪称绝配
垂竿扩充到加强排
琅玕起伏水花激扬
浮标似星星跳跃

夜深只有了蛙声
风儿让芦苇叶动了几下
猛抽烟支的人呼吸尚存

标儿不时发出冷枪

火眼金睛驱散懈怠
阵地仍在坚守
战斗还要僵持

2021 年 4 月 21 日

五月五，母亲的声音又回

竹溇里箬壳刚拣回
山涧边粽叶才采来
群儿，你听到了吗？
去井边再把它们洗一洗

母亲走了已六载
清晰声音就在五月五这天

五月麻箬壳，带着笋儿体温
五月粽叶儿，溢出独有清香
亮晶晶的糯米寄情心语
端午，日儿让锅儿沸腾
我却闻不到汨罗江一声欢笑？

五月五，艾蒿，菖蒲

母亲那浑浊的双眼
透过门楣窗棂深情张望
欣盼文武门神，百毒不侵

五月五，特别的日子
怀揣悲悯，还是喜悦？

我赶往孝子之乡丰城
再听“十里渔村”龙舟唱晚
还有母亲耳熟的叮咛

我要亲自包裹一对粽子
用箬壳做一只三角粽
或者用粽叶做一只四角粽
系上不忘却五月五的丝麻线
再附上心言诗语
默默寄往屈原故里！

2021 年 6 月 3 日

生情的一角

太熟悉的地方
反而陌生了
便民电动车停放点
雨不淋，日不晒
让市民轻松

行者必定会在路上
都会为自己马儿安身忧虑
最担心那张不干胶单子

城创路上多了动脑智慧
更有体察民情疾苦心志
有时推出免费停车线路
不只省了行者几个钿儿
拓了路让马儿可行就好

多愿熟悉的地方变得陌生
这个陌生不是冷酷无情
似缕缕春风吹到了每个角落
生情的一角
你，再多些吧！

2021 年 6 月 6 日

多美的梅雨季

太阳躲进了棉花堆里
藏不住的针芒直往外钻
低压气流如浪袭来
一支支美容剂昼夜飘逸
丰盈了西苕溪曼妙倒影

蜜月不期而遇
时令衣衫美艳了形体
幸运的汗液加速畅享
人们吐故纳新

鸟儿们气力旺盛
鼓噪出各种混响
林间碎影，湖光潋滟
形与声亲密交融

鸟儿们精心构筑爱窠
摇篮里雏儿学唱童歌

美人蕉嫩黄与粉红
都在河西湿地顾盼生辉
河东马蹄草抬了脚乱了方寸
棱鱼草被睡莲下鲫鱼牵扯
却让再力花吃了定心丸
大地万千植物
都有自己归宿

梅雨浇开水中央朵朵荷花
姑娘们孕育关怀与恩爱
心中相拥着几许期盼
盛装的金秋好时节
观赏河岸丰收剧

（写在 2021 年 6 月 10 日浙江入梅第一天）

没有喧嚣水会更清

一种鸭子名叫水葫芦
莫非是湿地湖面清道夫？

它们天天出没那片水汪
无论于情于理
该有许多话要诉说
然而很少让你我听到

梅姑娘接连雷暴雨
把水葫芦们爱床抬高
荷花触天近在咫尺

水葫芦不爱言说做报告
肯定不愿听世人演讲
当然也不发布公众号

生活在水里想得简单
羽翼与双脚配合划出清波
很想把昨晚一场浑水泥汤
尽其所能扬清激浊

水葫芦们一个个像画家
作画时最好躲进隔音房
仅是线条让你朝思暮想
画风谁能企及？

水葫芦们又像是芭蕾妙女
踏浪盈袖情愿不要音乐
唯自我愉悦陶醉
把泥沙与喧嚣反复沉于湖底！

2021 年 6 月 18 日

丰收前的酝酿

惹你烦的人是梅雨？
它没有春风柔情
它没有秋色醉迷
它没有冬雪纯粹
它只是为盛夏深厚铺垫
就像四季中的一根主轴
纲举才能目张

惹你厌的人是梅雨？
它始终黏你不离不弃
它始终热你爱憎分明
它始终测你立场坚定
它只是为丰盈夯实根基
就像自然界的一个机关
开启才能收获

酝酿丰收的时刻让人寂寞
创造奇迹的坚守给人苦楚
女人有分娩时的沉痛
植物有煎熬时的欢欣
就像一位姑娘说你“讨厌”
当然也有人满满自信
“讨人喜欢百看不厌！”

2021 年 6 月 19 日

映照与眺望

月亮珍爱夜的每时每分
寄情于山水大地
每一滴水每一片叶每一缕风
都以清澈爱意倾心映照

月亮浓情蜜意
拼命把乌云荡开
夏至昼长夜短
她努力把夜晚照亮
太阳的影子拉长了
月亮兴奋不已
大地万物多了些光照
愿稻米更香果儿更甜

叶儿知道月亮的深情

比如我也是一片叶子
现实与浪漫时空
不躲闪苍穹那双迷人眼睛

月儿映照，叶儿眺望
梦在期待与守望
白昼默默祝愿赤日
万物祥瑞五谷丰登
黑夜念念寄语自己
国泰民安繁荣昌盛

2021 年 6 月 22 日

伏天之夜

杯子里瞧见了自己的影子
是波澜还是涟漪
把一张脸晃动得一层红一层白
走出门外，又是一团烈火袭来
再次把这张脸晃动起来
霓虹灯像一架架扫射的机关枪
让伏天之夜骤添了色彩

小城，你从未有过如此迷人
这是我的妄加评点
你能让一颗颗跳出胸口的心得以平静
只有在这样的季节里凸显自己

我该是到了往家赶的时间了
夏夜多么美好，留恋只在心间

刚到了家的门口，耳边响起了歌声
这支曲听了好多年，与认识大哥一样
旋律还在，我设法将歌词激活
再次琢磨流逝的岁月

2019 年 7 月 28 日

温暖的味道

温暖的味道特别
恰在炽热的六月天

遇见你就是遇见太阳
心寄圆润开怀

蓝天有金轮的热情
大地有你我的爱心
醉在热浪蒸腾的时刻
番茄们似乎也诉说自己

圆润，从春寒中一路滚铸
记下了无数青涩密码
红润，在夏火里奔跑渗透
映衬了多少人间善美

温暖的味道简单
简单得只剩几个单词
生活原本可品几味？
红润如同熨心
夹裹着几分酸甜苦辣

心海若有激扬
喷薄太阳光辉！

2021 年 6 月 25 日

小暑复出

清晨五点小暑串门
黄梅姑娘实施长假
云彩开心露了肚兜
太阳接连射出热烈之剑
激扬每一根毛细血管

西苕溪怀胎六月
舒缓里胎声美妙
向往全是十个足月

院子里的玉米幼苗
像晒场上的顽童
个个兴奋得手舞足蹈
空气是甜润的
土壤是温暖的

吸吮与扎根充满幸福

原野上所有作物
心寄茁壮成长
情牵每个梦想
上蒸下煮不是煎熬
奔赴一场季节盛宴
宁愿脱胎换骨
把苦夏看成乐秋

2021 年 7 月 7 日小暑

Chapter 03 秋，成熟收获

长在这里的竹都很幸福，每滴水，会变成一株竹，
每株竹，让水滴纯净一万年。

这里每滴水都变成一株竹

安吉的竹林成了海洋
叫作中国大竹海

长在这里的竹都很幸福
每滴水，会变成一株竹
每株竹，让水滴纯净一万年

每株竹的绿，点化成会说话的山泉
山泉走过的地方，都会唤醒每株竹
竹与泉，似父母又如兄弟
青山般巍峨，绿水般柔情
世界就是这样汇聚绿色潮流

浙北高峰龙王山，水之娘家
沪上市民逆黄浦江追根溯源

问我安吉的竹子有多少株
我说竹乡的母亲河会告诉你
西苕溪里和两岸全是竹
犹如繁星闪耀长空

面前这面凤凰翠湖
就像巨幅宽银幕
株株竹子都会踏歌起舞

2019 年 7 月 10 日

鹭竹之恋

无数闪亮白炽灯跳跃竹梢
歌声婉约清脆响彻云霄
山谷精灵灿若云朵飘
翠竹白鹭双色妖娆
鸟儿恋竹智商高
生活富有情调
独立逞英豪
竹海逍遥
守绿岛
心潮
骄

翔
翅昂
越长江

山岳尽赏
黄金村温床[1]
水塘田稻芬芳
牛背上下翩跹旺
万亩粮仓潮卷金浪
牧童短笛吹绿古枫杨
昨恋百草原淡竹林海洋[2]
垂青了世界上无数双目光

注：①安吉原西亩乡黄金村，20世纪六七十年代誉称为“白鹭故乡”；②如今，中南百草原拥有世界上仅存的千亩原始淡竹林，被称之为竹海迷宫，鸟儿成群，舞姿艳美，叫声不绝，蔚为壮观，成了鹭鸟美好家园。

2019年7月13日

姚村小酌

安吉西陲有个姚村
翻过几个岗就能“出国”
安徽……“宁国”
山内的人就这样称呼
遗憾，我今天不出“国”

城里人叫这里是高姚吴
原来一个乡就高村、吴村、姚村三村
村子不大，气魄大
山体不高，树干高
村村都藏进了绿的怀抱

一位叫“北风”的诗人
我说他身上有一股子“黑旋风”
那年还是马家渡的种粮大户

身上的风，又把他刮到了姚村
改行养鸡，做红茶，但不弃写诗

姚村里面还有个小小俞村
北风和他的夫人称第二故乡
迎接我们的是一张四方小桌
台面上我见到了大葱和水饺
亲切得让黄金酒红了额头

村子小，乾坤大
你能说，“风月无边”是尽头？
你能说，长丰桥不再巍峨？
你能说，石片瓦逸不出白云朵朵？
你再说，诗人北风的茶壶里无“诗风”？

2019 年 7 月 14 日

凤凰湖坝下

认识凤凰湖
缘于独松关，还有双一村
今晚是迷了路还是夜盲
没有见到月亮星星眨眼的那枚镜面
哦，有一座城墙映红了递铺港
你能猜出闪亮苍穹的十个大字？
绿水青山就是金山银山！

坝下的风景很美
尤以周日的那个夜晚
我朝下游的那条港走
凤轩阁那盏灯特别明亮
我的脚步似被磁性吸住一般
它的东面有一座凤凰阁
把阁与阁连接在了一起

我在环翠路那座桥迷茫了
向过路的人打听
才知道这里是新三小的校址
该往哪个方向才是回家的路?

记忆里走过穆王桥，云鸿桥
还有昌硕桥，胜利桥
忘不了总管桥，中桥头
这里听不见战乱的枪声
看见了古驿站驰骋的那匹黑马
再也闻不到嘶哑的鸣声

我终于放心了
朝着一轮升起的弯月走去不会错

2019 年 8 月 4 日

向阳花开

一支队伍向着太阳
是向往那团万丈光芒
一朵花儿向着太阳
是敞开那颗希冀之心

来自东方的这团光芒
穿透云雾，冲破雨雪
照亮民族之林每一个角落
地平线上的每一朵向日葵
烈日锤炼，秋风洗礼
都是训练有素的优秀士兵

光芒驱散弥漫阴霾
他，信仰永恒
花儿吹开缠绕愁云

她，梦想美丽

阳光下，分得清美与丑
心花间，悟得出喜与悲

2019 年 8 月 6 日

西苕溪飞架鹊桥

日夜流淌的西苕溪
你总是静静地守望
萤火虫舞动出村妇放飞的心曲
鹅卵石撞击出渔夫不灭的灯火
昼的表白，超越何等山盟海誓
夜的寂然，胜过多少万语千言
溪的追寻，冲破无数坎坷艰难
水边的芦苇与清风窃窃私语
岸上的枫杨与明月悄悄对歌
一场梦里又圆了另一场梦
一只只彩蝶，纷飞于美丽村庄
飞进了百姓人家
点亮了窗台，映红了福字
一朵朵白云，缠绵于精致民宿
笑迎了世界宾朋

温暖了苕溪，情浓了大地
西苕溪，你何时变成了银河
飞架起这座南北——彩虹桥？
多情的七夕之夜，你化身为美丽鹊桥
相约吧，牛郎织女们
幸运啊，天地之间梦境圆
不眠的今夜
你展示了最美年华——苕溪上河图！

写在2019年8月7日之夜（己亥七月初七）

大地之光点亮了蔓塘里

一场雷雨成就了秋夜神韵
电闪之处，让所有生物来了精神

居家鹅卵石围墙垒筑起淬火炉膛
似对对情侣，擦出热情奔放的火花
句句情话，惊扰了藤蔓上的丝瓜葫芦
星月也只好躲进飘来的祥云
青涩的柿子也荡开了红晕
农家的屋檐下一片香雪海
又是黄花梨花，开在了老农心间？

秋闲的白茶园星星点灯
如亮灿灿的算盘珠筹划来年
机灵的松鼠此刻到处串门
游客迷茫了乡村的夜

将翠竹误认为节节甜的甘蔗
仿佛袁隆平培育的粗壮稻穗

一场秋雨一场凉
还是头一遭就有了秋气清高？
莫非大地之光抚慰了夜空
还是艺术公社魅力使然？

2019 年 8 月 18 日

吕挺，你永远活在我们心中

吕挺，吕挺，吕挺，
安吉人民呼唤你！
浙江人民呼唤你！
中国人民呼唤你！

你怎么会忘记呢？
你刚跨入而立之年啊！
你为什么临危不惧？
你为什么义无反顾？
你为什么青春无悔？

吕挺，你是光荣的消防战士，
挺过的是艰难险阻！
挺起的是民族脊梁！
挺立的是时代希望！

吕挺，你是浙江的优秀儿女！
既然是一场赴汤蹈火，
既然是危难之中显身手，
既然是人民的利益高于一切！
难道，就不能把自己的生命挺过来吗？

我知道，前脚刚走的“利奇马”，
已让你身心疲惫，不堪重负，
报福山里的乡亲们啊，刚刚认识你！
我知道，后脚又来的惊涛骇浪，
又让你兵贵神速，舍己救人。
安吉人民怎么忍心啊，匆匆永别你！

你的第二故乡是安吉，
为你骄傲的是中华大地！
吕挺，你是英雄，
你没有倒下！
你永远活在我们心中！

写于 2019 年 8 月 18 日零时

吕挺，安吉民众为你送行

美丽之城，万人空巷
只为痛别一位心中的英雄
安吉民众不需要任何通知
且在晨曦里早早地出发了

龙王山，长龙山，灵峰山
凤凰山，云上山，猫头山
雾气弥漫，青山悲恸，松针滴泪！
苍穹情浓，大地动容
昨晚竹乡夜空电闪雷鸣
悲痛的泪水从天而降
今天西苕溪流淌的都是哭泣声！

吕挺，你知道吗？
初秋的太阳仍然很暖

但寒意却一阵阵钻心地袭来
人们失去了你，是多么痛心疾首啊！

吕挺，你选择崇高的消防职业
安吉人民有缘遇见你认识你
吕挺，你把第二故乡认定为娘家
我们之间有了情同手足的温暖
吕挺，你对党和国家无限忠诚
我们对你的无私奉献铭记心间
吕挺，你在青春年华书写最美诗篇
我们为有你这样一位英雄而骄傲！

吕挺，安吉人民舍不得你离去啊
你在安吉娘家的时间实在是太短暂
你今天的远行，不知何时才能回来？
我们在家乡最美的安吉大道为你送行
英雄，一路走好！

2019 年 8 月 19 日上午写于安吉大道

何为生命？

早春三月，一粒种子下地
尼龙薄膜还是她的嫁衣
她从领口里悄然伸出脖子
迎接她的是太阳的热情
从春到夏又到秋
我掐指今天是第 163 天了
你的伴娘长辫子豇豆、四季豆春姑
早在七夕那天远嫁了他乡
你怎么还是个黄花姑娘？
哦，你本姓黄，黄瓜姑娘！
春天里怀了头胎，夏天里怀上二胎
秋天了还要孕育下去……
说什么，政策全放开了
还不是个婆啊，更不是那个王婆卖瓜
莫非让小院子四季真的如春？

乡野黄花，世俗偏见
——黄花丫头，还嫩着呢
时过境迁，不屑一顾
——明日黄花，菜凉了啊
花开花落盛与衰
并非为谁笑颜为谁悲哀
黄瓜姑娘，你是明证
让心花开出了生命真谛！

2019 年 8 月 25 日

转折，是一条什么路

一条路走久了或走远了
走得失落走得迷茫时
忽然出现了一个岔口
继续往前，还是转道？

每条路，无疑都“长”在地上
被人踩多了的路，会平坦通达
刚让人去踩的路，会荆棘丛生

换一条路，一定是自己要走的路
这条路，并非让人走得轻松
就说 1934 年的长征之路
路途艰难，冷彻沁骨
重兵布防，层层围堵

有的路“长”在了水里，靠生命开道
比如乌江，赤水，金沙江，大渡河
还有的没有路，雪山，草地

即使每条路都“长”在地上
坚定的路，还是“长”在心上
“通道会议”就是心上的转折之路
这条路切合实际，冲破了干扰
让每个中国人见到了日出！

2019 年 9 月 4 日

红旗“双一”

竹海里，这面红旗猎过了风雨七十年
她与“双一”这个响亮的名字永远在一起

山里妹子，心灵手巧织就彩霞云
凤凰湖荡轻舟映出一片蓝天
山里汉子，雄心壮志擎起五星红旗
独松关耀威武呈现气象万千

顶天立地的毛竹只因山盟海誓
要把每座山隆得更高变得更绿

朱岳年是首任举旗人
一辈子摸爬滚打就在大山里
孜孜以求苦苦探索
大毛竹基地里掘出个“八字经”

让“丰产育林”在北京城里“唱大戏”

榜样的力量就是一面旗
身处大山，就像扎下深根的刚毅竹子
心系民众，犹如渗透每寸土地的竹鞭
用情用爱用心把竹子养育成自己的孩子
最可贵的是意志坚定壮志不移
大山的儿女经得起时代风云多变
七十年的百炼千锤铸就“双一精神”

绿水青山就是金山银山
接过旗帜的“双一”人
不忘初心不辱使命
开拓进取勇于实践
烙在《青恋》上的每一帧持续精彩
一曲《高高山上竹子青》旋律永恒！

2019年9月8日

虎哥铁军

这些虎不是山上下来
从西子湖畔闯进了大竹海
城里的虎子不失威猛
山里人一呼——“一虎百应”
每户驻了虎，并非养虎为患
它不食畜生，不伤人群
何以见得，仅仅喜好干燥垃圾？
是一位位贴心的，热情的虎哥哥！
一支拉练队伍进了山城
装甲车般武装到牙齿
回收垃圾，何以兴师动众？
虎哥来了，大妈嫂子笑了
认虎子是自己的干儿子
只要微信下单约会
他什么活都干，什么苦都吃

把居家收拾得干干净净
还留下了闪闪亮亮的零花钱
这是一支现代化庞大铁军
不使枪炮，不用导弹
把可利用资源变废为宝
这些宝贝在虎哥眼里都是青山
转眼间成为一座座金山银山
人类可持续发展就是为了一个地球
虎哥这样做，我猜想也能造出航母飞船！

2019 年 9 月 14 日

丰收果里有甘甜

云也淡了风也轻了
歌声盖过了鹤鹿溪山脉田野
丰收果里呈现你我甘甜
巨峰葡萄园讲究晚婚晚育
此刻的藤蔓一寸寸笑弯了腰
金色的阳光给她壮胆
七彩的果实成串成串蹲下身子
谦卑得亲昵芬芳的黑土地
郑军夫妇园里建个“山边草堂”
原野灯下研习科技正道
专心做着葡萄纯天然的事
金秋时节果色该是多姿多彩
何必煞费苦心催促其早熟?
换来虚幻的表里不一!
园主就是一个工艺匠人

把够新鲜的葡萄又酿成美酒
让大地四季溢满芬芳
上月“玲玲”姑娘不怀好意
飓风背后又强降雨水
棵棵葡萄脚跟被寒流浸泡几宿
巨峰啊，忍受剧痛
草堂的力量就在此时发挥！

（写于2019年9月19日，原载《湖州晚报》）

云朵邀我来看天

竹海荡舟满目生辉
那片山川乡的云朵哟
把我们从半山腰轻轻托起
竹液玉露清亮了双眼
万道霞彩映美了容颜
金秋阳光装满了情怀
故乡的云好亲切
故乡的风好温暖
我在云上不是归乡的游子
热爱家乡总在母亲的怀抱
草原长在了天上
日儿栖息在了草上
月儿挂在了映山红上
星儿眨眼催你尽快追上
羊儿奔跑在飘逸的云朵上

鸟儿沉醉在湛湛蓝的苍穹上
歌儿飞越了群山峻岭快乐向上
雪儿滋润着植物精气聚在力量上
我透过四照花尽情品赏还是攀不上！

2019 年 9 月 23 日

拜谒“白茶祖”

乘上己亥金秋一朵云
我依然是追根溯源
怎能忘却祖先祖辈？
阳光是金色的
白茶祖每片叶子金光熠熠
我的心房骤然暖了
心情也成了金色少年
天荒坪桂家屋边
我们再次拜谒千岁白茶祖
盛世年景多在说美丽
今天的您又显得年轻了
一枝一叶总关情
您的儿女纷纷下山
丝丝缕缕血脉亲情
蓬蓬勃勃繁衍生息

一片叶子富了一方百姓
“白茶之乡”梦成真
又是谁书写了“白叶一号”
数十万亩新绿庄严作证
陆羽《茶经》赞您
芽叶如纸，以为茶瑞
宋徽宗《大观茶论》美您
表里昭彻，如玉之在璞
茶农，绿水青山接力
感恩，金山银山回报！

（原载《诗海潮》2021 年第 1 期）

分娩前奏曲

鸟儿躲进树荫
蝉儿歇斯底里
蛙儿尽在扑腾
你，沉稳得纹丝不动

热烈又低调的季节
总会演绎惊天的壮举
你身上有了几片黄金
预示着会越来越多

故乡的天幕也会向下拉
家园的竹海还在往上长
硬把递铺这只铁锅焖得通红

每株植物就是一位母亲

我们手牵手从春夏走来

今天乌桕果核仍是青涩
霓裳却似七彩般变幻
明天晓云村的米粮仓
酒香又在巷子深处溢出

一场分娩的前奏开启
正是高秋暖风吹来！

2020 年 8 月 7 日写在立秋

转身之姿

多彩的日子多梦
叶儿就学会了跳伞
它自己吹响哨子
沙沙声里华丽转身

与阳光近何不热烈
一缕缕沐浴庇荫大地
与风霜亲犹言煎熬
一寸寸经受心底无私

江山代有各领风骚
你无论落于江海湖泥
清秋一跳好英勇
赤条条来去无挂碍
身姿永远定格在美丽

2020 年 8 月 26 日

一棵树的荣耀

我是主人家一棵乡土树
高禹村的土地养育我
从未经历过别离伤痛

舍小家凝聚乡亲情浓
我让位建一座“移民之家”
同胞“两湖”点燃红火生活
我这个“移民”暖了心窝

无规矩不成方圆
所见所闻我眸子明亮多
众人事众人管
民主决策实事做

抓铁有痕踏石留印

所有干部不碰钱
百姓颂扬廉政清风

荣耀天空任鸟飞
家门口乘高铁奔四方
一方热土共谱幸福曲
天子湖美了我也乐

小康路上聚财富
飞翔追逐七彩梦
我愿做森林里的一棵树
绿水青山金山银山
乘胜前进永不迷路

2020 年 8 月 29 日

秋日并不凋零

几株茄子老朽
让主人无情地剪去凋零
秋给了她红润的脸
临了第二青春期

她们从春夏走来
有过欣喜有过憔悴
每一步都有成熟记录
脸上仍镌刻着顽强生命

生存莫非推崇质量
只有经受四季磨砺
才能活在昂首挺胸

世俗对秋茄有过偏见

言她的毒还是人间的妒
一成不变的事物何有

尝试就是掀开新的一页
一朵朵茄花绽放秋艳
真理不就与你近了

2020 年 9 月 1 日

不在乎能否看见

我自认为看见了那颗星
当然也不在乎她是否看见了我
浩渺星空你能说遇见不是必然？
这是谁也说不清的事

你高高在上就能自傲
我想你绝对不会这样
虽然人间的每个人都很渺小
但人也能来到月球星空

没有比人更高的山
没有比脚更长的路
我记住了
那年本家汪大诗人在安吉

我总是琢磨不透
谁能割断那段历史
你代表的又是什么？
今晚我看见了你
一刻不停地在闪烁
你永远折射出生动的光芒

（原载《神州·诗人》2021 年第 2 期）

《作家报》泰山采风二首

只知道泰山很重

双脚落在岱宗之地
心海热量徐徐涌来
她轻声提醒你
不只是齐鲁大地季秋之重
唯我五岳独尊四山总称

我是一株幸运小草
无论在与不在忽略不计
仅凭春风吹又生
安然安泰安心风月无边

只知道泰山很重

琢磨着谁能给圣雄号秤
称出了谁重谁轻

毕竟只是比喻
谁能肩担得动浩瀚天书？

日月星辰沧海桑田
小草叶脉的每一滴露珠
也都是泰山惠泽赐予

2020 年 9 月 27 日

步天桥的感召

峰回路转
见善男信女
祈祷在药王殿下
脸颊瞬间跳出朵朵芙蓉
说是中天门已在招手

又一转折怎会脚步灵空
步天桥与你含情脉脉
暗示着的是什么
比登天还难

还是一步登天？

仙雀拐杖给你助力
信心油然而生
有诗人说你有三条腿
我说身边没有美女哈
呵，才知悟性
南天门又一个世界？

此时，美女无所谓
西神门给你鼓劲
还有洞天福地
还有呢，置身霄汉
听说还有个置顶玉皇顶
五岳独尊
并未喝了点酒气冲霄汉
走过天街
我为一览众山小而来！

（写于2020年9月28日，原载《作家报》）

你把圆的空间留给赶脚人

你早在东方眺望人间
我觉得你今晚已经够圆
你说要把圆的空间留给赶脚人

你把路程映照得雪亮
脚步行匆心生美好
就像今晚的你一点点填满
给了万户千家明天多少个梦圆

灯笼汤圆月饼
放声唱响前奏曲
温暖着大步流星赶脚人
愿把心房盛满更多的幸福

今晚的你已经够圆

心甜，心愿，家圆，梦圆
天涯共此时
举家喜迎十五的圆

2020 年 9 月 30 日

长满思绪的薯藤

小院一角栽有番薯
中秋写满殷实
薯叶仍然滴翠
藤蔓还在伸展

在一根长绕的藤蔓边
一朵小花扑进眼里
它满脸笑容
要告诉我什么

人称母亲中秋月
藤蔓也似思念徒长

那些栽培薯种的日子
每个种子就像一位母亲

丰盈与滋润生长无数幼苗
像野火烧不尽缠绵心曲

那些年从薯体上
剪下一个个母婴脐带幼儿
轻轻放入竹编菜篮
驿站启亮时刻轻声叫卖
送出了一个个心爱的孩子

母亲说这些孩子送人好
他乡异处一定会生龙活虎
就像十五的月亮
长得圆圆白白胖胖
同在一个天下，活着过着
百种千种万种
生活！

2021 年 9 月 24 日

光与光的接力

幕体墙渐渐映红
走累一夜的月亮
还在继续？

日月同辉
美妙可鉴
光与光的接力

秋夜的光渐生寒气
映照之处
谁胆战心惊？

蟋蟀能歌善舞
夜莺谈笑风生
此时有何不能放下

火轮升腾
玄月高悬
在一枚秋叶的脉络里
有光影与心绪的交错

2021 年 9 月 24 日

一片叶子的欢欣

秋深了，踩在路上会有咔嚓声
但这片叶子始终不愿跌落
青春呵，洋溢着一身身绿色戎装
硬是把山脉田野染成了春色

这片叶子源于天荒坪桂氏人家
她不怨落差海拔千米到了山下
平原里的生活照样不失本真
她懂得故乡的大山靠什么迷人？
除了清泉长涌，就是青翠常存
还有流金淌银的丰股果实

这片叶子最懂得大地恩情
只要触及一块泥巴都会长出根
只要吸吮一滴露珠就会吐出芽

我在“中国白茶第一村”黄杜悟出谜底
“白叶一号”每片叶子都充满自豪
安吉茶农竹海里播撒万顷新绿
尽情书写祖国版图上的“扶贫扩张”

重阳时节轻盈了多少人的脚步
也明亮了无数人的双眸
读懂了“一片叶子富了一方百姓”

寒露天空绽放了每片叶的笑颜
也催生了黄土地的爱心
挥洒了绿色产业链上的一派辉煌!

（原载《诗海潮》2021 年第 1 期、《国家诗歌地理》2021 年第 4 期）

胸怀夏的秋天

入秋闯入两只虎
公虎和母虎
一山可容二虎
鼎力扛来一座夏天
秋虎后面紧跟秋虎

辛丑牛气冲天
秋深时节依然避暑
携牛犊子浒溪游泳

胸怀长夏的秋日
唤醒了两岸碧绿春天

十月小阳春好暖
暖了桃花梨花一个个春梦

桂子始终走不出闺房
难觅吴刚酒香身影

秋天请来了春天？
还是夏天送走了秋天？

2021 年 10 月 5 日

秋叶，不愿凋零

秋日雨夜，
弄堂风劲吹，
秋叶英姿飒爽。

是什么信念摒弃世俗？
凋零，对你毫无撼动。
世风，仍在弥漫，
你不为所动。

是什么支撑你坚挺？
哦，寒冬就快到了，
你说你在热身，
很想拥抱属于你的世界！

2021 年 10 月 10 日

秋儿如约而至

秋儿是山外的风雨送来，
还是苍穹直接空降？
昨天还在梦里与夏纠缠，
不动声色就着了金装。

每片树叶都投入一场竞赛，
每根脉络都在激越偾张。
搏击中即使掉队或者跌倒，
溶入于泥同样金碧辉煌！

递铺港每盏灯黯然失色，
自愿甘当金秋配角。
这些时日大厦隐去了霓虹，
如此大度也心甘情愿？

人们追着月亮迎接太阳，
赶路的日子热浪升腾。
闪亮的秋叶从容飞渡，
生活，每天还是照常。

2021 年 10 月 12 日

Chapter 04

冬，收藏等待

己亥行将远去，
几多美丽，潜入庚子。
分水岭上，心儿静了。

分水岭上驻美景

——写在2020到来时刻

己亥行将远去
几多美丽，潜入庚子
分水岭上，心儿静了

我只记住了一些小草
褪去了枯枝又抬起头
吸吮着露珠和春雨

我只记住了一些树木
旺长一岁又多了年轮
面对着太阳和月亮

我只记住了一些亲友
都在我的生命里闪耀
深藏着真情和大爱

看之淡，悟之醒
遇之乐，离之思
忘却什么，全部省略

该爱的人坚持去爱
该做的事一切照常
该说的话毫不吝啬
该笑的声晴朗星空

珍别，诗意久远的 2019
恩迎，爱你爱你的 2020

2012 年 12 月 31 日

独松关这条路

石头还是锃亮
好像天天有人擦拭
马蹄声远了
远得只剩下蜜蜂的舞曲

路边野草心思枯了
它住在深处自成习惯
看太阳落月亮升

山茶花为谁白？
覆盆子为谁红？
壮汉竹为谁绿？
流水知道岁月知道

2018 年 10 月 29 日

天地之间

两个天，白天黑天
两个场，谷场舞场
两个人，男人女人

白天，阳光照在田野映在谷场
原野的风把稻谷粒粒扬净
黑天，灯光炫在脚底幻在脸庞
丰收的韵把舞曲心心相牵
一群群踩歌踏浪
一曲曲怒放心花

山乡，美在不夜城
原野，梦在祈愿景

2018 年 10 月 31 日

你是叫花子？

苕溪一条小路
你热吻在我的裤管
想起小时候
有人称你“叫花子”
为啥不叫“苍耳子”
我有点懵懂

虱马头，痴头婆
还有人冠你如此雅名？
你是条好汉豪放得疯疯癫癫

看你似难缠但质硬而韧
内柔外刚心地善良
苦甘辛温腴性一生
《本草纲目》说你祛风补益

热吻或缠绕
并非卑微而是谦卑热情
也并非坏事更不是坏人
你比甜言蜜语摇尾乞怜
好上百倍

2018 年 11 月 1 日

馒头山

吃个馒头想到馒头山
递铺有灵峰、凤凰、馒头三座山
登馒头山好难
难在错过了美妙佳期

横看成岭侧成峰
馒头山也如此
一位村妇指点张家岭
那个馒头就搁那平行山上

涉足半岭古道
庙宇禅声悠远
赏石马山肩担大小之岭
见高坞岭雄姿成关隘
越莫干山高处不胜寒

北宋方腊高坞关起义镇守
峻险，屈败于梁山好汉
有迎翠、龙涎、鸣泉、石桥留痕

馒头山被翠竹托举
似万千玉手伸要馒头
我只得远眺，兴叹！

2018 年 11 月 2 日

鸟　窝

冰冷的季节
大山的衣全褪了露出精瘦身子
所有树木的叶也落得差不多了

光秃秃的枝干上
剩下的鸟窝成了鲜亮的靶子
假若枪手使坏也难获猎物

鸟儿去哪儿了呢?
我觉得，这是个谜
屋后有喜鹊的叫声
还有大妈灶台上翻炒着的葵花籽

喜鹊的窝虽然被淋湿
屋檐下就是它的家啊

老农听了上千年的声音不厌
说喜鹊叫会喜气溢朱门

林地或路边空窠鸟窝的主人呢？
明摆着的鸟窝也是无数的鸟口啊
也不会成了乡下的空心村吧
我想它们一定不会
因为它们没有地方躲避

我这样想啊
当树枝绿了的时候
所有鸟窝仍会热闹起来
就像空心村的老人们
也多盼来了回家过年的儿女
林子和村子一样
还会唱响新一年的歌曲

2018 年 11 月 4 日下午开封回郑州途中

情怀，不过如此

深了浅了淡了浓了
红了黄了紫了灰了
重了轻了薄了厚了
笑了哭了落了飞了
还是胖了瘦了痴了疯了？

有影无影有叶无叶
你身姿骨架始终坚挺

是一阵阵风欺负你
还是冷得让你离太阳太远？

是一场相思的病痛
还是凤凰涅槃的火焰？

我听到风声里有你的笑声
我见到暖阳下有你的芳容

这个季节你太辛苦太匆忙
白天黑夜都在对话和编织
晴天雨天都在作词和谱曲

苍穹大地赞你夸你
是你真情流露的万年不变

银杏叶的金黄已够成熟
谁忍心，在你落下时踩上一脚？
乌桕叶的深紫已够凝重
谁割爱，在你升华时移情别恋？

黑色的果儿，并不是黑心肠的外衣
袒露的内核，只有光天化日的忠诚

情怀之心，就是让天变得更蓝
小雪，已过两天
春天，已动了脚步？
你看它们，真实得一清二楚

2018 年 11 月 24 日下午

并非误入歧路

那是一个头顶太阳的日子
我与往常一样出门
走着走着视线里没了房子
窸窸窣窣这是什么声音？

环顾四周只有树，还有草
原来声音是裤管撩拨的
大白天的似乎夜游？
原来，有几株苍耳向我招手

那年，我原本就在这条小路
路边的枫杨，飘逸一串串黏黏的亮籽
树的背上肩上有牧童的喇叭声
叶面上还有热呀热呀的知了
我真的不知道你表白着什么

后来，这条小路被大路挡了
我一时辨不清该往哪里
再后来，小路不理睬大路了

今年盛夏，满城知了声
我觉得它们的唱声有点变调
但又不知道原因在哪

昨天走的这条小路
让我以往的失忆重又拾起
乡音乡亲乡情，总是难忘
这就是乡愁？
一生注定的这条有缘的小路！

2018年11月26日

彼此看对方，笑笑

暖暖的冬日下
翠竹笑柳杉，你怎么黄了？
柳杉回笑着翠竹，似乎笑里有话
隔壁的杨柳知道它们的心思

路对面传来做毛料的机鸣声
毛料都是竹农钩下的竹梢
它们从竹子的顶端来到地面
叶子黄了且身子也光秃秃了

翠竹看柳杉，柳杉看翠竹
相互间都在笑
好像是只可意会不可言传的那种

此时杨柳起劲地荡漾着身姿

片片眉叶如激起湖面春水
她左眼看翠竹，右眼盯柳杉
但心思早已被对方识破

天空有一只鹭鸟飞过
哇哇声中似乎在说：
色彩不重要，有定力就好！

（原载《诗海潮》2019 年第 1 期）

瞎 想

南方的稻子还未颗粒归仓
站于田间的稻秆直挺挺
无视戊戌冬天第一场大雪
稻穗也高昂着头
这是粳稻汉子的性格
袁隆平把四季心愿全写在大地

我赶在北京的路上瞎想
北方大地冬日靠什么站立
让大地变得铁骨铮铮
屹立世界东方之林的智慧？
这片森林铸就了春夏秋冬
就像我穿着棉大衣还要来看看

哦，太阳出来了

不知京城还有雾霾吗？

我想在京杭大运河边走走
它与长城、坎儿井并称古代三大工程
我从钱塘江走来
寻找海河黄河淮河长江的亲戚
哪怕与河边一株草一棵树谈谈心
顺便说些安吉的事儿
也会心满意足

2018 年 12 月 14 日

几道弧线

平静的水面是谁打破？
几只不起眼的水鸟了不起
它们的双翅与苍穹招手
它们的双脚与大地相拥
用理想掀开了冬季寒冷的湖面
再点燃一把迎春的火焰

生活原本起伏颠簸
何以波澜不惊？
何以波涛汹涌？

生命个体渺小
大自然面前犹如因子微粒
存在决定一切是永恒主题

小有小的自信
大有大的担当
划破湖面并非随心所欲
世界的一切都是命运注定

2018 年 12 月 21 日

村夜鼓点

冬至后的夜短了
广场上的鼓声急了
争分夺秒？
为夏至的到来祈愿什么

舞与鼓是一对姊妹
敲出幸福，舞出安宁
凯旋又在子夜？

丰盈燃旺炉火
冬田催发新绿

舞姿旋转出纤腰
村妇把圆鼓贴得更紧
每个鼓点都从心底喊出

飘雪的大幕徐徐启开
年糕的糯香，团子的圆甜
还有豆腐花的沸腾
一位数千岁的老人将为你开门！

2018 年 12 月 24 日

竹海渔乡

我很想穿越一回“南北朝”
清晨一股北风
把我吹到了南北湖

南北湖是竹海里的渔乡
竹与鱼也能相处？

湖面的莲叶睡在寒风里
濯清涟不妖
沉入水底的柳叶闪着亮色
未见鱼尾摆动也是平静的日子
磨盘流淌着和煦的光阴

这个南北湖从何而来
我只知道岁月里南来北往

没有硝烟战火当然最好

即使说南朝北朝大分裂
可是中国一次民族大融合啊

竹海渔乡本是一家大户
但愿竹海里涌出金子
希望渔乡里喷出银子
这样的阳光是灿烂的

2018 年 12 月 29 日

我知道你会带上我

飘吧，飘吧
我知道今天你会带上我
脚踩灵动的云彩上
我的心热了
把云朵慢慢融化
好让麦苗油菜过一个暖冬

飘吧，飘吧
我知道明天你会叫上我
飞过万顷的竹海间
我的情浓了
把丰盈软糕温热
愿竹林地下笋儿白白胖胖

飘吧，飘吧

我知道后天你会邀上我
流淌年华的凯歌里
我的梦醉了
把元旦窗花映照
启开朱门喜鹊跳跃猪年乐

2018 年 12 月 30 日

藤树合欢

安吉白茶祖住在天荒坪桂家
隔壁不远处我遇见另一户桂家
不知与白茶祖是否有血缘亲情
老桂大门前有株百年香榧
一根藤缠绵香榧年代已久
老桂只认识香榧
且叫不出这根藤啥名字
我觉得这样不合乎情理
藤与树是一对老夫妻啊
这根藤爱香榧爱得深沉
把整个身子陷入了树身
看得出它们今生不会喜新厌旧
也不会是一山望着那山高攀前景
因为老桂门前一座座山都很高
老桂说他当了七年兵

回家看到它们还是那么相爱
百年香榧还在辛勤生育
每年秋收的榧子结实香甜
树上结出多少果子
藤上开出多少花朵
有人说，幸福是奋斗出来的
绿水青山也靠奋斗
也有人说，花儿为什么这样鲜
姹紫嫣红也靠真情
我说它们，千年好合万古常青！

2019 年 10 月 2 日

黄金开采的季节

只要功夫深
黄土变成金
鹤鹿溪的地藏都是宝
鹤鹿溪的田野披霞光
地下的乌芋也要与南瓜比成色
遍野的越桃非要与稻谷比金黄

深秋的太阳告诉我
稻花香里又丰年！

丰衣足食，鹤鹿栖溪
好一个金秋稻香文化旅游节
催促的脚步迈得铿锵有力
忙碌的身影传递季节信号
诸氏旧居一枚熟透的板栗从枝头跳下

兴奋地扎进了谷场上闪亮的黄金堆里

翻金浪的稻穗都有太阳的影子
老农说是他们的汗珠把它映照
太阳与老农交谈最多的是千粒重
村姑、小伙，在古老的舞台尽情歌唱
支书、能人，与欣喜的村民开心对话

鹤哥鹿妹在溪边采来祥云
太阳月亮在村庄驻足辉映

2019 年 10 月 16 日

再访粮户汪玉飞

太阳的光给人灼热
两只“老虎”在金浪里疯狂吞噬
“洋马”变成了老虎是谁训教？
一只老虎一天收拾四十亩稻谷！
丰收时节老汪该是最忙碌
他说喜悦胜过一切
八百亩“黄金”即将拉下入库战幕
我亦是老汪啊，心头有多感慨
老汪言及爱种粮一辈子
对土地的深情一天也不淡漠
他的脸有太阳的光辉
他的心有儿女的赤诚
他的手有茧丝的坚韧
他的脚有铿锵的劲道
让每粒稻谷饱满得牛气冲天！

这位安徽巢湖老汪恋安吉
质朴与勤劳撑起一片蓝天
他问我老家安徽何地？
我含羞里回答稀里糊涂
他说他有厚厚一沓家谱
我说我得好好向您学习！

2019 年 10 月 20 日

彩色水稻

几回回梦里回晓云
双手捧谷备感亲

禾苗习研新时尚
七彩大地七彩稻
田野育种始变天

神秘变异源于一株株水稻
阳光下每片剑叶都是魔术大师
风里雨里云里雾里
叶与穗变幻出紫黄白众多色系
原野再次覆上奇丽花衣

晓云村深悟民以食为天
切记饭碗要端在自己人手里

"民天粮食"与你合作就在身边

"彩色水稻"，你有何等喜好？
亲近生物农药，青睐绿色肥料
"彩色水稻"，你有何等功劳？
防洪除涝，回灌地下水
净化水质，美了人间

老农琢磨不透心头喜
灶台间总是弥漫香甜

2019 年 10 月 22 日

乌　柏

似爆米花般闪亮
何以一个乌字叫响？

人家秋风凛冽已把衣扣锁紧
你且敞开胸怀不觉害羞
是否已把春夏两色饱览收尽？

你爱大地爱得深沉
从不挑剔土壤肥瘦
乌字里是否追随过江湖黑旋风
让春与秋的红裙飘逸不下丹枫
难怪你本性使然我行我素

你是特有的经济树种
中华大地漫长扎根 1400 年

金色暖阳催开每一朵爆米花
有一种白叫蜡质又美其“柏蜡”
只有在烈日下锤炼秋日辉煌
才能把每一个黑夜一次次照亮

我在一张白纸上端详，你悄然成蜡纸
跳出一个个字儿被墨香浸染
你始终初心不忘
即使流淌出了“青油”
最好把青春继续燃烧！

2019 年 10 月 22 日

这群人的四十八年

这群人喝着西苕溪的水长大
这群人吃着自种的稻米健壮
这群人压着挑土的肩担长高

四十八年弹指一挥间
仿佛就在丰食溪中学
五庄村，排头山
校园生活离不开村与山

这群人竹海里觅商机
竹筏里编织的都是竹制凉席
这群人转椅王国里锤炼
转遍世界每个角落亦有影子
这群人茶山云雾里滋养
曾有过白茶仙子水灵灵模样

青山依旧，记忆已渐模糊
村庄美丽，容颜骤增白发
祈愿生活幸福美好
但愿友谊地久天长

2019 年 10 月 23 日

（写在丰食溪初中同学畅游“云上草原”等地）

一位国际友人到过的地方

欣逢《作家报》文学盛事
我来，心间铭记一位英雄
“去年春上到延安
后来到五台山工作”
八十载岁月飞逝
耳边回响伟人一番话语
一个外国人有毫不利己动机
加拿大医生白求恩最具代表
为了中国人民的解放事业
异国他乡救援伤员，以身殉职
让我们的脸庞发烫
让我们的心情沉重
让我们的双眼垂泪
晋察冀边区军民忘不了他
悲壮，仿佛就在昨天！

国际友人，胸中装满世界和平
即使不远万里，恰如同胞相亲
医术，八路军阵营首屈一指
情怀，舍己忘我牺牲精神
道德，脱离了低级趣味
对同志对人民极端热忱
这就是纯粹的共产党员！

（2019年10月25日参加《作家报》山西五台山文学采风行，原载《作家报》）

竹之锤炼

白露后的翠竹可以间伐
伴随剑影情愿刀下不留情
说要凤凰涅槃做个江湖侠客

咬定青山不放松
立根原在破岩中
我要远行了，我要出海了
闯荡江湖跳出深山成就汉子
自我价值尽在彰显

即使在茫茫竹海里消失
也要留下迈出步伐的每一行足迹
从绿色转变为金色仅在一瞬间
生命的辉煌闪耀着竹子思想

每一根竹子都有自己的理想
天时地利人和才能闯天下
接受春光洗礼，沐浴夏日烈火
乐为秋韵增色，坚定冬寒磨砺
在灿烂的季节走出大山
不怕腐蚀，拒绝虫蛀
做一个宁折不弯的坚强勇士

竹之锤炼贵在不变的耐心
圆金山银山梦还看今朝中华

2019 年 10 月 31 日

火红的深秋

一座鲁家田园
火车是红的
穿过了二十四个节气
永葆青春活力

我在立冬站驻足
一棵红枫告诉我，太阳很暖
进入第四季尽管只剩数天了

田野里的红薯穿着背心
一个个热得钻出地面
与红玉米结伴在横梁上乘凉
红红灶火沸腾着红红的南瓜
甜香漫过紫色残荷的肩头

我在鲁妈妈菜馆
窗外涌来红日霞彩
桌上西红柿蛋汤映得脸也红了

一串红，红辣椒，红柿子
每一片绿叶心甘情愿做配角
书写大地上热烈的请柬
来吧，收获在火红的季节

2019 年 11 月 3 日

青春的老庄

一条弯弯之路引向茶山
我的身姿让小车晃悠得趴下
见窗外乌桕也纷纷弯下了腰
我的心脏快要蹦出
不对，好像我酒醉了似的

怎么叫老庄呢？
不见一位拄着拐杖的人啊
正值青春的白茶小伙
漫山岗挺拔屹立
以最帅的举止迎接仙子到来

老庄让我想起了地老天荒
可处处是青春似火
只有山鸡椒向我眨眼

告诉我不要让假象迷惑

是假象？她又不是人为雕琢
散发出的都是杨柳轻扬
还有芦苇荡的意气风发

若水湖我记住了一个词
——网红打卡点
一个个练太极，瑜伽，晨钟身影
她不就是早晨八九点钟的太阳！

2019 年 11 月 5 日

遇见你在冬季的美

布谷鸟闷声不响草垛里深眠
山野静寂得只有了风声
每株白茶都是一台制氧机器
健美了他人也靓了自己
逶迤的绿波清亮了蓝天
薛勇的雅思茶山，处处有闪电
我被一朵朵白茶花迷离
她们似麻雀在枝头跳跃散发芬芳
向着太阳绽放出张张笑脸
掐指着一叶一芽即刻到来
我醉卧在金色花蕊间不觉寒意
每一座茶山都让人入梦
有白茶的地方就有仙子
她把每一片叶子变得白绿相间
我祝每一寸土地长出金银重叠

氨基酸激荡起绿色春潮
给人类机体输送不竭能源
白叶一号，你意欲何为？
莫非宋徽宗又在“茶论”挥洒续篇！
我在茶浪里一觉醒来
辨不清南北还是东西
风，云，雨，月，星啊
笑我，错失了一场霜与雪的盛典
赞我，欣赏了一幕雷与电的精彩
“一片叶子富了一方百姓”
仙子牵我，我牵仙子？
相拥在又一个灿烂的春天！

（原载《诗海潮》2021 年第 1 期、2021 年 1 月《新时代文学选刊》）

别有洞天仙水来

昨晚我从《战地迷情》走来
高村龙王潭边巧遇何文清
这里的山都有钨金
莫非他仍做钨金生意？

小沿坑龙潭复龙潭
一线天一碧水
清泉只有天上来
扑朔迷离一环连一环

有坑的地方都是宝藏
就像天荒坪的天下银坑
“两山”路上凝结了富裕

红峰水库盛满了幸福水

每一滴都很金贵
每块山石乌黑透亮
每棵松的针叶变成钨丝？
把深秋大山映照得金碧辉煌

绿水青山就是金山银山
留得住的是乡愁
藏龙的地方就能卧虎
感恩龙王赐予的风调雨顺

2019 年 11 月 16 日

今晚有几辆幸福的车

这辆车，要被另一辆车拖走
又让牵线者再次操劳
操劳者每天甚至每夜
重复着昨天的故事

车主就是始作俑者
让人多少次胡猜疑
长方形白框和黄箭头的标注
怎么也招呼不了你呢？

没有规矩不成方圆
你这辆车怎么能夜郎自大？
尽管你在大街上的屋檐边
好吧，没有月亮的日子
羡慕你荣幸成为座上宾

美哉幸哉！

你要知道，牵你手是无可奈何
各行各业的人分工不同
谁愿意在酷暑或寒夜
使尽全力撬动千斤顶呢？

也好，你这辆有福分的车
在主人未寻觅你之前
就好好享受一阵安乐的时刻！

2019 年 11 月 19 日

太阳总能冲破乌云

——观电视剧《掩不住的阳光》

一团云，又成团成团的云
夹着风裹着雨
太阳啊，你躲藏在哪里呢？

尽管苍穹变得暗无天日
分不清黑与白的时刻
一盏灯始终不灭

天底下就有那么一群人
后来聚集起波澜壮阔的洪流
激流中他们都拥有一轮红日
把心间照亮得透澈光明
踏平坎坷成大道

国共合作一致抗日

还是同胞相残，短兵相接？
得人心者得天下，何以助纣为虐？

哦，多少个方志敏啊
胸怀信念，不辱使命
用身躯刺破了无数层乌云
点亮了中华大地每一寸土地！

2019 年 11 月 19 日

秋与冬的缠绵

冬一直往前走，秋仍不愿离去
是谁让她如此眷恋？

西苕溪芦花巧扮着角色
满心欢喜充当着银装素裹
时不时的暖风让她猛然清醒

乌桕果褪去了一件件花衣
多彩的叶片梦幻得光怪陆离
洁白的珍珠艳阳下尽情闪烁
痴情燃烧着青春与烈火

我的眸子仿佛跳入一只松鼠
它仍在青涩果子上做着游戏
这是夏给它的优厚待遇

这是秋馈赠的多情艳福
这是冬准备的丰盛家宴
更有春创造的华丽盛装

秋风冷雨并非凄苦
冬日寒月不失暖和
秋，留住的是一个美丽故事
冬，含蓄的是一段动人佳话

（原载《新时代文学选刊》2021年1月）

浙北也有海

浙北有海吗？
有，竹海，茶海

这些海是往上长的
漫无边际，浩浩荡荡
一直长到了天上
天是蓝的，海洋是蓝的
这些海也都成了蓝姓

安吉能代表浙北吗？
只有长得最美丽的可以替代
蓝天白云全人类都孜孜追求
你新生的名字就叫安吉蓝

安吉蓝的海，波澜壮阔

安吉蓝的海，气壮山河

这里的海水是甜的
从竹根须，白茶叶上滴出
这里的空气是净的
你只要吸几口会赶跑咳嗽
这里的物产是香的
山珍疙瘩要胜过多少腥味
这里的居家是美的
夜幕下邀约嫦娥采摘星星

2019 年 11 月 22 日

冬天的土地是热的

冬天的土地热得冒气
水杉的黄，乌桕的红
原野山坡都成了大铁锅
煮出了一波波泼墨热浪
五彩缤纷，层林尽染
白桦林每棵树还着上了衬衣

麻雀在田头唧唧喳喳
喜鹊在枝头唯唯诺诺
它们的声音钻进了麦苗
它们的眼神搜遍了村庄
麦苗含羞，掐指巧盼分蘖
冰凌压不住它们随心所欲
乡村美丽，盘算分配方案
暖流洋溢着村民满心欢喜

铁锅还演绎着干柴烈火
大地仍升腾着温暖情绪
冬天脚步加快了行进速度
为我们即将拉开别样的画图！

（写于2019年11月29日去北京途中，原载2021年1月《新时代文学选刊》、《诗海潮》2020年第4期）

一座桥的演绎

昨晚你背着我跨过河之东
今天又背着我走进河之西
我闻到了津冀之间清新气息

百米之桥，你何以沉重演绎？
伫立了一个世纪的你
名字也紧随战乱更替
你是九国租界的“国际桥”，
还是法国桥，中正桥？

你当年合桥走车，启桥过船
哦，万国桥下过大船
老龙头火车站早已汽笛悠远
多少伤痛仍在国民心头铭记

叫响“解放桥”你才扬眉吐气
耳边回荡天津抗战枪声
倭寇再也钻不进一步
苦难民众不再含恨轻生
破产商人未必扎进河底寻短

今日世纪钟声激荡雄浑
你永远是津冀热土上一座丰碑！

2019 年 12 月 2 日

清河坊，今日才见你

这条古街自幼耳热
总觉得离自己多么遥远
今心切忽然迈进

哦，太平巷，清河坊
觉得你既年轻又热情
地面上每块青砖都会说话
告诉你，他甘愿铺路绝不沉沦
屋檐间无数飞翘仍在高歌
我猜想，她尽情为老字号扬名

岸上每个视角都呈现清丽画面
堂馆店记栈，活生生跳跃
每一帧画面都是不朽经典
羊汤味火腿香笼罩朦胧月色

大雪时节映红了炉膛火壁

杭州人常来，外地人必到
时尚姑娘留恋“美人靠”曲桥
读一页清河郡王张俊击退金兵？
现代小伙追寻“吴山天风”
诵一曲“四拐角”建筑神采飞扬！

2019 年 12 月 10 日

责任无处不在

小时候在合作医疗站打针
像拉进了屠宰场鬼哭狼号
人，是最怕死的

现在，树也娇贵了
人把针筒往它们身上猛扎
树不会说话，不知注射疼否？

城里树木日渐变多
森林连着一片森林
进城的树越来越大
这里不必讲究年龄
更没有了退休一说

树木爱打针又喜好拐杖

不注射可能年迈夭折
不穿衣难免侵蚀机体
不打桩有望无故摔跤

多了一片森林
美了一方城市
打针为了健体
拄拐为了站稳
尽管视觉上有煞风景
但打针与拄拐都有协议
一切为了树木新的生活

2019 年 12 月 11 日

丹霞丽水（外二首）

绿水青山处州
丹霞地貌丽水
多少年的东西两岩石对峙
今日相依倾诉着美丽情话
瓯江源，黄茅尖
奇伟怪险，瑰丽多姿
江郎山书写浙江首个世界遗产
中国丹霞群英谱有了第一奇峰
丽水安吉践行两山典范
你以陡崖坡形成红层地貌
我以原生态持续茶绿竹翠
你成就了浙江绿谷
我彰显着安且吉兮
共同崛起金山银山！
我们最爱中国红

丹霞遍布中华大地
从幼青时代迈向成熟壮老
红土地孕育浙西南红色精神
丽水年富力强渗透神奇力量
每片红叶每株寸草每个台阶
给了江山大地特别的情意！

2019 年 12 月 18 日写于丽水东西岩景区

缙云那株“笋”

仙都缙云这株“春笋”
从鼎湖深处拔节而起
已上长了一百七十余米
大竹海人被它收住了目光
一株笋成就了天柱峰
是冲破青天的豪情万丈
还是坚如磐石的顽强意志？
仙都石笋谓天下第一
一座山峰怎与竹笋相提？
竹笋破土势不可当
山峰气势壮志凌云
刚柔并济以柔克刚
水之云云之水

风之雨雨之风
欧冶之龙泉铸剑就水淬之
剑池湖名起秦溪山边
轩辕黄帝炼丹铸就大鼎
得益四时不竭天然池
当下云科技云市场
风之云，云之雨
这样的云雨多有气质
渗透着坚不可摧
缙云之云形成仙都
天下石笋美丽化身

2019 年 12 月 17 日写于缙云仙都

云和梯田之物语

这里的梯田长在云端
与蓝天白云共枕眠
每一垄地都象征一个圆
太阳圆月亮圆天地圆
她也要表达心底言语
每一个圆都是一个家
油菜稻麦瓜果都是家成员
扬花结籽都与云雾有缘

转色流韵又与和谐合意
云和梯田，亘古不变
你是一位“四季美人”
春泛花海，蜂蝶纷飞追逐
夏涌绿涛，彼伏此起浪高
秋染红霞，层林泼墨重彩
冬成雪原，银装素裹妖娆
中国“最美梯田”惊艳四方！
你是云梯，把天与地连接
你筑仙池，储藏银河玉液
你播心种，催生佳禾勃发
你承农耕，牧童短笛悠扬
七百层梯田一千个故事
嫦娥广袖为你舒为你舞
童话世界就是你的生命象征！

2019 年 12 月 19 日写于丽水云和梯田

滋露了谁

雨露滋润禾苗长
冬至时刻了
风声里惊闻谁的脚步?

寒日的果与叶会不会度日如年
昨夜的雨水又成全了多少好事
沾在红果子脸上的是喜泪
叶片脉络驻扎的又是何种欢欣?

歌声在小河里开始流淌
它喜欢谁就跟谁轻言细语
就像鹅卵石见过世面
你不用妒忌与猜疑

小草用梳子去除了枯败

根须里储满了土地真情
往事如风在岁月里沉浮
能够拾起的总会有希冀

蜡梅枝头绽放的并非炫耀
谁愿意过着凄清的生活？
落于地面的花与叶并不痛苦
为谁做嫁衣你还不清楚？

2019 年 12 月 22 日写于冬至

冷落的座椅

柳下的座椅无人理睬
它的姿态却是一成不变
是怨恨寒夜的凄凉
还是自己不够热情？
就连千秋椅也是一样

人能坐上交椅挺神气
此处怎又无人问津
还是你看不中这把椅？
坐与不坐的选择
有时还真由不得率性

你喜欢坐这把椅
椅子是否不讨厌你呢
适合你坐的日子总会到来

不合时令的索取未必迁就

人说热脸贴冷屁股
都会自讨没趣
座椅性情也是如此
等到春天的机遇来了
一把把座椅还是人头济济

2019 年 12 月 26 日

他们最美

明天新年了
美丽的他们在寒风里
在绿树下吃着自带的盒饭
他们问我明天元旦了吗。

他们内心的美丽
胜过外表的服饰

他们想到了它们
与植物们一起过新年
要为它们装扮更美丽

树木袖口毛糙了需要修剪
树木裤腿弄脏了需要清洗
树木发际零乱了需要整理

这是家乡良朋一群人
问我这些树木变美丽了吗？
我说你们都很美丽
树木过年也一定开心！

2019 年 12 月 31 日

原野的醉

这张纸原产地安吉
浸润于清气露珠
云卷云舒
迷情诱惑

霜降后每一秒疯狂
恣意挥洒色彩
各有绝美归宿
精妙绝伦之笔
大竹海每一株毛竹

天目山升起的太阳
四季光合
龙王山月亮
净纯年轮

天荒坪星辉
璀璨宁静
浒溪湖白鹭
艳压群芳

银杏叶金黄了丹凤眼
乌桕果羞煞了夜明珠
岸边剑柳眉飞色舞
村上红柿激情四射
化作一首首冬日情歌
释放一回回春天暖曲

苕溪流淌温泉
原乡沐浴春光
一张张柔软白纸
全都写满梦乡的醉

（原载《神州·乡土诗人》2021年第2期）

上张“常青夫妻”

家有老人儿孙有福
村头的壮实男子
也似常青树
说出的每句话都很壮实

“香榧夫妻”岁有千余
我敢言再来几个千年不成问题
后者同样听得到壮实的话

村民为二老祝寿没有鞭炮
太阳拨开的不是乌云

村民为二老孝敬没有烟酒
山风吹拂的哪有雾霾？

村民为二老请安没有假意
大地壮实得不见坑洼

村民为二老温暖没有蜜语
儿孙绕膝着不说气话

村民为二老关爱没有健忘
客人来村后永不失望

树旁有位大妈今年九十
人们都说只有七十
大妈说她是大树上一根细枝
年年岁岁一起生长！

2020 年 11 月 22 日

和字里崛起的村庄

禾在左，口在右
食之禾口之民
民以食为天
和字里崛起村庄

和村九条河
就像九曲黄河九曲庄
河里的村庄叫和村
丰收都在欢歌乐曲里

和村九道弯
犹如九曲黄河九曲溪
溪里的村庄叫和村
九九归一统统和了！

茗溪源头在和村
滋润绿水青山
河的故乡是和村
长旺金山银山

和出竹筏千万条
条条都是幸福路
河纳家园天地久
三千村民共享和！

2020 年 11 月 26 日

乌桕：要做希望的种子

雪花早在龙王山飞舞
天荒坪成了童话迷宫
只有你在小城枝头
含笑不语

世上事物该走的走了
留下的总会尚存呼息
什么苦中苦人上人
乌桕与鸟儿对话？

收获种子总在秋天
叶子落尽都归了根
乌桕企盼什么？

“乌桕哥，快过年了还是回家吧”

哽咽的鸟儿声在紧紧催促
“我还要经历冬日的数九”
乌桕坚信要做希望的种子！

2020 年 12 月 22 日

你我都没想到

你我都没想到
轻轻的雪儿来
给你送来棉被？

想你能飞进我的家
一起度过美好时分
亲爱的牛哥也要回家过年

怎样的礼仪邀约你呢
雪落无声，我也不能叫喊
盖在你身上的棉花被
好暖，怕抖落于地？

前阵子小区改造惊扰了你
未见你的日子里

餐桌热腾气氛冷清
好在挖土机失声你回了家

家乡大竹海
青青竹子就是我们的家
那天小语浠摇竹你被惊飞
傍晚时分你回了爱巢
温暖了我们一家人

鹁鸪鹁鸪，不过不过
严冬有我吃的
当然都有你的一份！

2020 年 12 月 29 日

黄昏仍然遥远

此黄昏不是彼黄昏，
活着都算年轻，
岁月，随风而去。

斯人何谓牵挂，
其实谁都清楚。

路还在延伸，
步子快慢自己调节，
谁能奈何得了？

观日出数星星，
昼浇园夜入梦，
如此日子理应景明。

太阳每天都是新的，
几片乌云又算得什么。
比如光芒比如热量，
血脉涌动就是证明。

2021 年 10 月 11 日

冬竹夏葫芦

我认识竹乡
胜过认识兄弟姐妹

我深谙的竹在竹海
今晚她来到了淡远楼
竹的枝丫下飞来一只黑蝴蝶
看舞姿是那种翩跹的喜悦
还不是为了深藏的热烈？

长在棚架上的葫芦不甘寂寞
他从鲁家村的田园里赶来
寒冬的夜让他脸上涂上蜡
这无关紧要啊

团聚的屋檐下不仅有翠竹

当然少不了壶芦
还有炉火白茶映红了
每一张特别的笑脸

2019年1月3日

雪花的你

我不信
你就是龙王山脉
天荒坪之巅的那朵雪花？
就凭年关时的一个封字
再也没有人来看你
你的容颜在音讯里消失
今天，是谁发出了请柬？
你朗朗笑声迎来了一群水鸟
还有鹁鸪呼唤着的蓝天
你一路欢歌的铿锵步伐
让小草们为你击掌喜迎
不是伤心让你变了模样
而是山下的儿女们盼你回家
道路封了，意味着山也封了
封不住你对大地的一片深情

你的欢歌，就是云朵的开心
你的舞姿，就是净气的豪情
你来了，小麦的拔节声响了
你来了，油菜的蓓蕾绽放了
你来了，白茶的芽尖萌动了
你来了，竹鞭的笋儿跳动了
你来了，老农的谷种备足了
万物挺胸
阳光灿烂！

2020 年 2 月 13 日

后 记

《苕溪水长》是作者继《羊君闲记》《羊君诗语》和《苕溪清音》之后的第四部诗集。

苕溪，在浙江省湖州市境内，有东苕溪和西苕溪之分。本书立足点为西苕溪，她是作者美丽家乡安吉县的母亲河。据当年上海专家“走通黄浦江”考察队考证，西苕溪是黄浦江之源头，并有一定的依据佐证：西苕溪60%的水系来自浙北最高峰安吉龙王山，太湖60%的水系来自西苕溪（含东苕溪），黄浦江60%的水系来自太湖，滔滔黄浦江水最后注入浩渺大海。西苕溪与大上海因此一衣带水，人文相亲，源远流长。

山高水长，山不转水转，取书名《苕溪水长》。安吉境内建有大中型两大水库：赋石水库和老石坎水库，常年雨水充沛，水资源极为富足。世界“山水之最”之代表——天荒坪抽水蓄能电站和长龙山抽水蓄能电站，似闪耀双星璀璨，辉映华夏，称雄“国之重器”。安吉，又谓之“七山二水一分田”，人们生活在这片富有生机而灵动的山水之间，崇敬山水，依山而居，亲水而歌，山水致富。作者对这里的一草一木，乃至一花一虫都心怀感恩之情。

《茗溪水长》分春夏秋冬四个篇章：第一辑：春，欣欣向荣；第二辑：夏，万物皆盛；第三辑：秋，成熟收获；第四辑：冬，收藏等待。春夏秋冬，四季有歌，年年岁岁，如诗如诉，正如作者这首《轮回》：

我知道你的模样/四季衣着与我相似/如影随形//春约了你也约了我/你的芳华惊扰天与地/换了人间//夏恋了你也恋了我/你的柔情升腾日与月/昼夜通明//秋醉了你也醉了我/你的梦想演绎雨与云/历久弥新//冬迷了你也迷了我/你的力量生发雷与电/岁月永恒//脚下土壤律动/采一朵小花/伴随朝霞/吻馨香/前行//

作者

2021 年 11 月 7 日